與你同行，總是昂首，

若有低頭，便是在親吻你的時候。

幸福的重量，
跟一隻貓差不多

我們攜手的每一步，
都是美好的腳印。

自序

很小的時候讀過一句話：「愛，是同心圓。 同一個圓心，好幾個大小不一樣的圓，彼此包覆著。愛並不會被分割或是被取代，而且不會用完。它可以是一切的問題，也是一切的答案，這就是愛和別的事情不一樣的地方。」

很多年來，我一直在思考這句話，長大了之後，似乎有些明白了。在迷失或疲倦的時候，我們會將愛和其他的東西混淆，而忘記了圓心飽滿的力量。要畫幾個圓，要畫多大的圓，都可以是自己的選擇的。

愛，是我不怕辛苦、不怕艱難的最強後盾。

一天下班後，在一個節目中聽到這句話：「紀錄真實的事情，做人該做的事。」解開了我思考多時的一些事情。對我來說，人該做的事，就是人道。朋友都知道我不太吃肉已經快二十年了，一來是我認為「經濟動物」是人類賦予的名詞，牛、羊、豬、雞延伸出來就是魚翅、熊掌、鵝肝醬和貓狗。聖經上說，肉類蔬果是創造給人類的。是的，但是對我來說，這不代表不人道的繁殖飼養和宰殺過程是被默許的。

我想，「人道」就是答案。

帶著愛與人道精神，我在能力範圍內，陪伴無主貓犬，這也是我心所嚮往的事。他們在過度開發的都市環境中，處境其實相當困難，危險隨時出現。無主的孩子，相同為天父所賜予的生命，天地為家，當然除了被棄養的孩子，對於自由貓犬來說「流浪」兩個字實在沈重。

也常在接觸落難貓狗時，聽到：「那麼喜歡就帶回家養啊！假愛心。」不然就是「妳這樣會很有福報喔！」這些話，我從來不往心裡去，但總是想著：「若是真有福報，我希望所有的福報，都報在孩子們的身上。」

關於福報，有個小故事。

日前某個競標活動後，我收到得標人的訊息，我曾經意外地幫助她尋回走失的孩子，而她一直沒有忘記當時的焦急和感動。現在伸長了手，願意幫助更多落難的孩子。我想，這就是福報，報在孩子們身上的福報。

我堅信明天會更好，我也堅信這個世界會有奇蹟，只要有愛。最後，我要謝謝我的每一個認養家長，謝謝你們在這場愛的接力裡，完美接棒並且緊握不放。

帕子媽

推薦序

第一次見到帕子媽，我還是一家動物醫院的員工，見她帶著年幼的帕子就診，對醫生的囑咐、建議的檢查都是絕對遵從，加上總是得體的裝扮，那時的我心想，應該就是附近哪戶有錢人家的千金大小姐吧！

直到有一天帕子媽帶著滿身狼狽的肚咕來到醫院，當時的院長無暇處理流浪動物的問題，才將這個「緣分」帶進我的生命中。肚咕在醫院治療、觀察的期間，帕子媽對動物的關愛與動物的互動，以及和人相處的方式，都讓當時的我非常驚訝，五年的獸醫師執業經驗中，我從沒看過有人可以對動物有那樣的深情，有那樣無比的耐心，而這一切，至今都沒有改變過。

帕子媽對動物的深刻情感，不僅止於狗貓。家裡陽台的小蜘蛛，她取名為 Rosita，怕他們沒有食物，會刻意點亮陽台的燈光吸引蚊蠅靠近。偶爾發現在陽台築巢的單身小黃蜂，叫做 bumble bee。每到春天，帕子媽會在晾衣架上吊掛毛巾，給椿象媽媽當作產房產卵，然後看著一隻隻精巧的小椿象孵化長大。就連螞蟻，帕子媽不像一般人想盡辦法清除，卻是擺放一些食物讓他們準備過冬，她讓家裡小小的陽台，儼然是野生小動物們的中途之家。

一開始，帕子媽是個連貓咪開心時會「呼嚕呼嚕」都不知道，擔心帕子是不是氣管破掉了，急急忙忙帶著帕子看醫生的緊張飼主。也是在這個時候，帕子媽開始學著使用誘捕籠，學著開始做

TNR，學著當一個送養人，甚至開始接觸令人不忍卒睹的收容所環境。

直到有了動物醫院的資源後，開始急難救援、TNR 和送養，更深入地去了解動物收容與中途的問題。然而，現實生活裡需要救助的孩子實在太多，相較之下帕子媽能直接幫助的實在有限。何不讓身邊經濟還有餘裕，有心幫助動物，卻不知如何下手的朋友，去資助經濟困難卻仍努力堅持的優質中途、協會或是收容所。因此帕子媽開始推動義賣友善平台，讓本來只有一分錢能做的一分事，擴大到數十倍甚至數百倍。每天必須小心處理大量的金錢、個人資料與郵件寄送，雖然辛苦，但是只要想到遙遠的另一個角落裡，小貓咪有奶粉與罐頭可以吃飽飽，小狗狗冷了有毛毯可以取暖，這些都是帕子媽堅持的動力。

如果要用一個字來形容帕子媽，那就是「愛」；
如果要用一句話來說明帕子媽的歷程，那就是「堅持做對的事」。但我更希望「帕子媽」三個字代表的不只是一個人，而是一種潮流、一種處事方式。希望每個人遇到需要幫助的動物時，想想自己能做什麼，勇敢的跨出那一步，做對的事情，結果就會是對的。

最後，也更希望透過帕子媽的文字，能讓更多人發現自己心中的那份美好。

四季動物醫院 院長 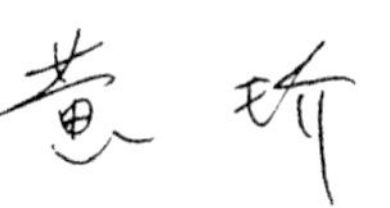 

目錄

在成為帕子媽之前

〈幸福的重量，跟一隻貓咪差不多。〉

在遇到帕子之前，
我的世界裡是沒有貓的。
應該說，
我從來沒有注意、留意過屋頂、車下，或是圍牆上的貓咪，
也沒有在意過哪個朋友有養貓。

那天等著看電影，
在天母忠誠路的誠品前面，
我遇見了那隻想進去誠品，卻一直被人嚇倒退的貓。
最後他端正地坐在我的腳邊，
一隻貓就這樣空降到了我的生命裡。
像是突然開了光，其實只是心中有了重量。
多年後的現在，我清楚知道，
一隻小貓的重量，絕對不是用公斤來計算的。

開始寫部落格，最初是為了記錄，
第一年很多的煩憂，
因為慢慢看見了台灣流浪貓狗的困境，
卻不知道怎麼辦才好。
不懂的，就厚著臉皮打電話給不認識的前輩、上網找資料。
先是找到內收志工肉叔，然後是淡水忽忽姐，然後是米克斯樂園的 Jenny。

一個人的力量是這樣的渺小，
所以我告訴自己不能停止記錄。

也許有一天，我的文字能夠觸及到一個人，
那一個人也許會翻轉一隻貓狗的生命，
只要一個人，只要能夠觸及一個人，就值得。
很單純的想法。

漸漸地，我不再能參加每次的朋友聚餐，
也突然發現，拿名牌包並不會讓我成為更好的人。
那時候的我很孤獨，
有時候也會想，爸媽讓我唸那麼多書，
難道定點餵養，就是我每天最重要的那件事嗎？

某一年的母親節，我們送了媽媽一台筆電。
媽媽在房間兩天都沒出來，原來是在看我的部落格。

早上我睡醒，看見媽媽站在床邊，
她突然抱住我說：「媽媽現在才知道妳都在忙什麼。」
本來不喜歡貓狗的爸爸，
後來和一隻叫阿福的狗，成為最好的人生夥伴。

現在我常常收到溫暖的傳遞，
告訴我，她們被某個孩子感動。
或是因為記著某個孩子的故事，
讓他們不再忽視或不再冷漠。

我的想法，還是一樣單純
只要一個人，只要能夠觸及一個人，就值得。

不讓一個孩子默默地來，
不讓一個孩子默默地走。

傷心壓力當然有，
但是負面的情緒，並不能產生真正的共鳴。

是孩子們的力量在沸騰，

讓這些記錄有溫度、有意義、有影響力。

二十幾年的朋友們，沒有因為我的忙碌而疏遠，

大家對我的關心和相挺只增無減。

看了看她們的訊息，

最後一句都是好好照顧自己，

我知道她們真心圍繞著我。

我的家人，我的孩子們，我的朋友們，

拍拍身邊，大家都在，

幸福的重量，和一隻貓咪差不多。

噢～還有，定點餵養，

的確還是我每天最重要的事～～

CHAPTER 1.

心之所向。身之所往。

我當然記得你

記得我嗎？

幾年不見，

妳老了這樣多，

我當然認得妳。

妳的眼神，妳的腳。

我趴下對妳說，記得我嗎？

眨眨眼，眨眨眼，

一瞬間的光芒改變，

我知道妳想起來了。

靠著我休息一下吧，

就像幾年前的妳，總愛貼著我的腿，

這也許是我們最後一次相見。

阿姨對妳只有許多的祝福，

老有所終，就像我們當時約定的一樣。

不必言說的信賴

親人訓練許多次，

其實並沒有什麼秘訣。

全心誠意地抱起孩子，沒有雜念。

無論世界再多紛亂，也不想被打擾。

每個孩子的步調都不同，

所以每個孩子的親人訓練，對我來說都像是第一次。

在沒有語言交流的世界，

我的善意從身體的每一個毛細孔湧現，

懷抱著，

貼近著，

孩子都懂的。

我時常是第一個擁抱親吻他們的人，

第一個感受到輕輕呼嚕的人，

這是一種榮幸，也是極大的責任。

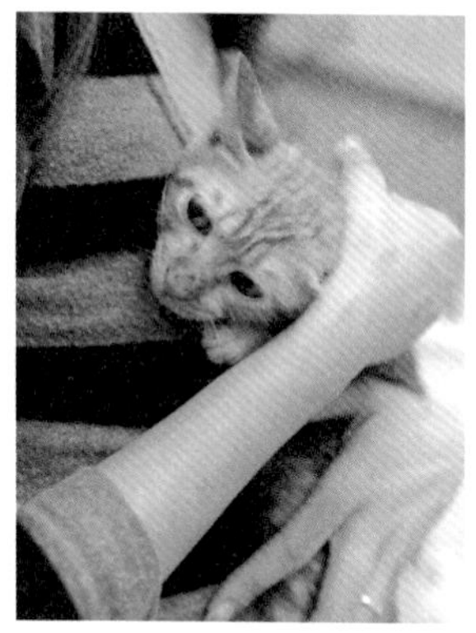

你們那小小的側臉

我凝視著你的側臉，
感謝每一個小小的你們，
為這個世界帶來的美好。

也許，許多人不曾被如此寧靜的力量感動過，
因為壞人太壞，
激起了我心中殺戮的衝動。
對於這點，
我覺得羞愧。

跪在地上，我祈禱，
願正義拔地而起，
願天理從天而降，
願每一個與人類共存而無辜死去的生命，
終有一天得到伸張。

我的這件外套

這件外套不特別貴，也不特別好看，
但是它包過許多孩子，
修補過許多破碎的心。
它給過許多孩子溫暖，
並帶著這樣的溫暖，
走進某一個人的生命中。
和孩子相處的過程，回過頭去看，
處處都是驚喜與魔法。

人生短短幾十年的旅程，
能夠有知心的貓狗相伴，
是極大的幸福。

雨中的大頭

大頭，是我本來在外面餵養的孩子，
每次只要我叫喚，
不管再遠，
他都會一邊狂奔一邊回應著我。
後來因為不友善的住戶，我將他收編帶回家，
他只當了我的孩子短短兩年。

記得那天他不舒服，帶來診所檢查，
黃醫師站在診療台的對面，
說了好幾個不同病情的診斷，
每一個聽起來都是絕症。

我腦中轟轟作響，
什麼也聽不懂、也記不住，
我只知道他要離開我了。

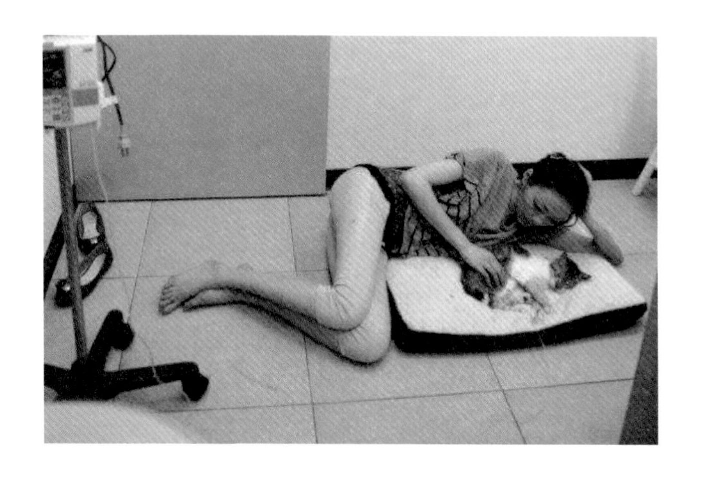

那段時間，
只要門診有空檔，
我們就會這樣一起躺在地上。
下班了，
就帶著他和點滴的機器一起回家。

我跟大頭說，
從認識你的那天開始，
我最擔心的事，就是你需要我的時候，我不在你身邊，
媽媽想要陪著你。

在下著雨的那天晚上，
大頭在回家的路程上離開了。

在那短短的五分鐘，我們只是下車買了便當。
我有多麼懊悔。

那天的雨，
和我們第一次相遇的雨，是一樣的味道。

一直到現在，
每天我都還是會回到和大頭初相遇的地方，
回想他在雨中朝我奔來的模樣。

咪寶與我的小步舞曲

這樣的節奏，

沒有任何人可以替代。

毛孩子教會我的事

當我以為再也不懂得怎麼去愛的時候，
我其實義無反顧地愛著。

當我以為再也沒有勇氣的時候，
我其實又勇敢地站了起來。

這是你們教會我的事。

CHAPTER 2.

愛的形狀。

我 100 次的孩子肚咕

只要 100 次，

100 次之後，他就會懂。

緊緊擁抱他 100 次，他會知道我是愛著他。

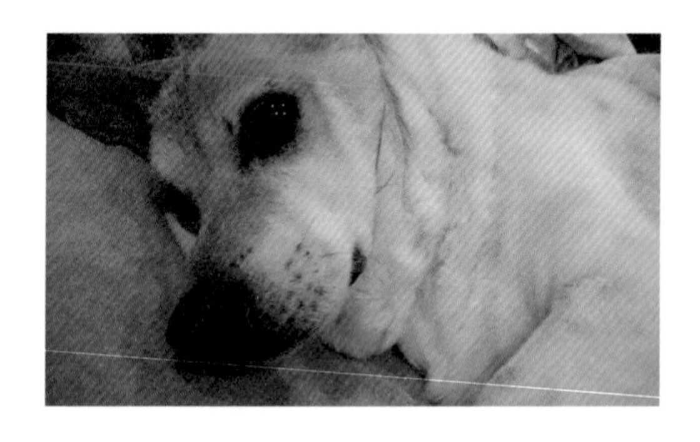

肚咕，

當不熟識的人問起，我總不知道該怎麼形容他。

但我總是想說，他是我 100 次的孩子。

遇到他應該是九年前，當時的他破爛不堪，耳朵是破掉的，身上的大小傷許多，連眼皮都在流血。跟他住在一起的前三年，我沒有看過他睡著的樣子。只要一點點的聲音他就會驚慌失措，再小的東西掉在地上或是我的動作稍大，他就會嚇到噴尿拉肚子。

他的每一個進步，都是用「年」來計算，
從完全不出聲，到只吠一聲。
從尿尿完全不抬腳，到只稍微抬高 3 公分。
我知道他是個沒有自信的孩子，
但是我覺得，只要 100 次，100 次以後他就會懂。

尿布放了 100 次，他會知道要上在尿布上。
手機響 100 次，他會知道不用緊張。
衣櫃換季 100 次，他會知道我沒有要離開他。
緊緊擁抱他 100 次，他會知道我是愛著他。

我曾經想過要帶他去上課，但是後來我決定接受他最原本的模樣，就算他要尿床 100 次，就算他完全拒絕外面的世界。

肚咕，
他從來感受不到我的情緒，我難過哭泣的時候，他還是要吃那個學了 100 次才會吃的零食。我開心和他訴說心事的時候，他會轉身跳下床去喝水。

奇怪的是，我還是知道他全世界只接受我一個人。

2014 年，他開始老化的很快，無法自己上下床鋪，我每天要抱他上上下下。後來只要看到他的眼神，我就知道他想要什麼。他重聽的嚴重，這反而好，他一直害怕的煙火打雷和車聲，再也不困擾他，但是他也聽不見我叫他了。

曾經有個溝通師朋友跟我說，肚咕以前的主人會打他，他一直哀求，但是主人會打到他再也不敢叫。好不容易才逃走，然後他想知道，真的可以一直跟我住在一起嗎？

算算肚咕至少也 12 歲，
一直以來他是我最沈默，但是重量最重的孩子。

〈對於他願意信任我一點點，我心存感激，

我 100 次的孩子。〉

我的女兒，脫窗太太

我親吻妳的腳，
想像妳曾走過的巷弄，
曾跳躍過的屋簷，
曾彎下身來鑽進的車底。

對於流浪，
妳記得的是那個仲夏夜晚，使你昏昏欲睡的涼風，
還是人車喧嘩，讓你驚恐不已的煙火？
又還是妳在屋頂溝縫中生下的那一胎孩子呢？
你在自由中，是否也有過一夜好眠？
來到我們身邊，心中是否還有想念？

我親吻妳的腳，
千千萬萬步地，上帝將妳帶到我們身邊。
我像撿到一個女兒一樣，滿心歡喜。

＜一起許願吧，

將不美好的變成美好。＞

傘下

撐著傘到處安靜地找著，
就是擔心你們聽到我的腳步聲，
衝出來淋了雨，

但，還是被你們聽見了。

你們冒著大雨往我跑來，
在傘下不斷撒嬌用頭頂我，
我輕輕撥去你們身上的雨水。

親愛的孩子，
你們的愛讓我的生命熱烈，
謝謝你們。

我是你的保護色

在那個別人覺得黑暗，
我卻覺得安全的角落，
是我們每天相會的所在。

你總是那樣熱切地呼喚，
全身黑，和我一樣。
我是你的保護色，
很少有人看得見在我腳邊無限磨蹭的你。

你不知道，
我有多想要同樣熱切地回應你，
但是我不能。
只能說：
「我知道！我知道！乖乖小聲一點，不要被壞人聽見了。」

曾經那個保護你安全的門，

還有那一整排的花圃，

被拆得什麼都不剩，一路鋪上了新的水泥。

<孩子，請你平安，

不能大聲回應你的心意，

希望你了解。>

隔著黑暗我看見你

如果有誰可以停住我的時間，
那一定是你。

像著了魔一樣，
我跟著你走進巷子裡，
不斷地記憶每一個光影下的身影，
心裡大聲地吶喊著你的名字。

這樣的寂靜裡，你聽見了嗎？

無論怎麼倒轉，
我都願意走上這段路，
我都願意再走上這段路。

<如果有誰可以停住我的時間，
那一定是你。>

帕子媽的餵養之歌

快樂的餐車阿姨～

嘟嘟嘟～

四季的放飯阿姨～

嘟嘟嘟～

小貓咪們遲到了也不用擔心～

隨招隨停～

阿鼻鼻是不是你偷吃媽媽的乳酪蛋糕？

阿鼻鼻：yeah~yeah~

阿鼻鼻，
今天有你最喜歡的奶油

媽媽全世界也不換的阿鼻鼻～

你，好嗎？

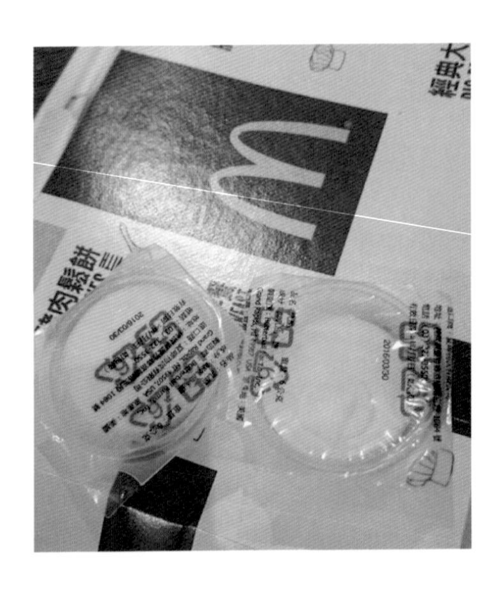

昨天媽媽又忙到買早餐才回家。

弟弟很調皮，

最近天氣冷，他都睡在你相片旁邊的電視那裡。

那裡以前是你的位置，

你噴在牆上的口水痕跡，

媽媽還捨不得擦掉。

你走了以後，媽媽常常看著天空。

有時候媽媽可以感覺到，

你對我們的愛像大海一樣遼闊。

但是媽媽不想要大海，

媽媽只想要你。

鼻鼻，

媽媽不曾尋找，

因為再也沒有了。

今天有你最喜歡的奶油，

媽媽握在手心，

希望你很好。

愛，永遠都夠

如果我平均一天接觸到 10 個孩子，
診所的五年扣除假日，
我接觸過的孩子有 17,500 位。

那麼多的孩子，
那麼多的故事，
那麼多我為孩子留下記錄的照片和文字。
到我身邊的，
有些是身體殘破，
有些是心理受創。

在我的心中，有一個微亮的小房間，
裡面高高低低地懸掛滿我對孩子們的思念。
有些孩子現在苦盡甘來，
有些孩子去了天家，
來得及說再見，已經是很好的緣份。

因為愛的深切，所以我在這裡。
但是在這裡，卻要看盡苦痛如煉獄。

我慢慢地清楚，
孩子們的到來和離開，
其實並沒有帶走任何東西。
他們總是留下，讓我再一次，
不加思索張開雙臂擁抱的力量。

我想念寶貝，
他留給我許多問號，
但是答案並不重要，也不需要任何的理由。

愛，是我們唯一永遠也用不完的東西。

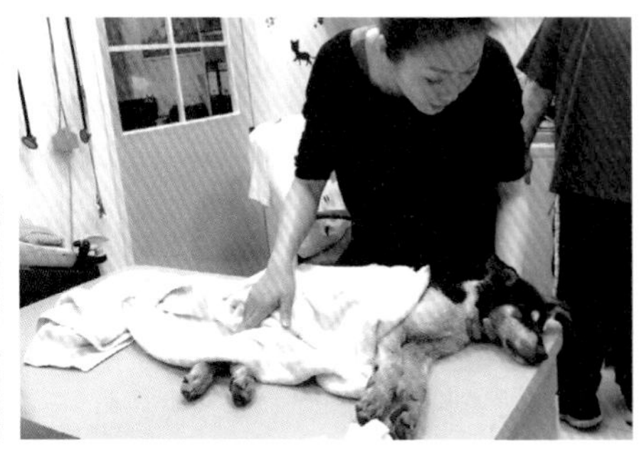

擦肩而過的

和黃醫師逛完夜市，要上車時遇見一個孩子，
在努力地想吃人類隨地亂丟的餐盒。
我和他說聲打擾了，
靜靜地開了車門拿罐頭和湯匙，
將他引導到比較安全的用餐地點。

車子開走時，
我和他四目相交，
他的嘴巴塞滿了大口吃的罐頭。

這樣擦肩而過的孩子，
相遇的緣份總是有些苦澀。
今晚你不用再四處尋覓，
舔食也許什麼都不剩的盒子。
一餐飽，心暖暖，
趕快找個安全的地方，
好好休息。

<保重哦，

願你平安。>

CHAPTER 3.

將愛傳出去！

一起吃個飯

遇到沒有監護人的貓狗該怎麼辦？

昨天半夜回家的路上，
遇到了這個陌生的孩子。
看他一直在香噴噴的餐車前等待，
卻沒有人請他吃些東西。

請老闆幫他準備不調味的肉，
黃醫師坐在路邊，
幫他把肉吹涼，
陪他吃了一餐飯。

時常有人問我，遇到沒有監護人的貓狗該怎麼辦？
其實很多時候，
我們並不知道孩子是否有人照料，
或是否需要幫助，
也不知道是否會再與他相遇。

但是請他吃一餐飯，
我想許多人都是可以做到的。
無論孩子是要停留或是要繼續步行，
至少他沒有餓著肚子，
至少他感覺到一點點的溫暖友善。

小地方，小故事以及小白

我們下班晚，半夜總是很難買晚餐。

有一天無意間被一盞燈光吸引，

兩個年輕人開著餐車，現做一些漢堡薯條。

第一次去，

我們沒有交談，

但是兩個年輕人的工作氛圍深深吸引著我。

愉快、隨性、不帶髒字的幽默。

第二次去，

出於好奇，我問了他們，

才知道他們白天是有工作的。

開著餐車半夜煮食，

除了增加收入，也是因為興趣。

我很驚訝，

因為他們應該很累才是。

但是工作間那種掩藏不住的熱情，

在現在辛苦的台灣年輕人身上，

已經很少見了。

有一晚，

有個穿著麥當勞制服的人來買餐。

機車一停下來，小助手就大喊：「大薯買一送一」。

然後一群不認識的人就笑成一團，

我們成了常客。

東西好不好吃，各人各有口味。

常去，有一部份是想去被他們感染，

感染那樣的態度和追求夢想的熱度。

然後有一天，餐車旁出現了一隻狗。
我們請他們做一份無添加的肉，
請他吃了一餐。
那次之後，
只要餐車在，
狗就在。
他們也主動幫他準備肉肉。
他們幫他取了名字，
叫做小白。

從酷熱夏夜到現在寒流來襲，
小白和那盞燈，
一起守護他們的夢想，一起忙碌，
或一起坐在地上等客人上門。

這樣的角落，

點亮我的心。

我相信也是這樣的角落，

蘊藏著點亮台灣的力量。

五分鐘的家人

前天半夜在餐車點完餐後，
我們走過馬路要去領包裹。
就在綠燈倒數的時候，
小白往我們狂奔而來。
當下我心一驚！
趕緊看看雙方是否有來車，
這條路的車子都開得那樣大聲又那樣快。

12 度的淡水飄著小雨，
小白扭著屁股奔跑，
那個模樣，
好像他在灑滿陽光的草地上歡樂不已。

小白跟上了黃醫師的腳步，
一路蹦蹦跳跳，
甚至開心到撲上黃醫師。

我跟在後面拍照，
他幾次轉頭，皺眉看我，
似乎是想問我怎麼不跟上來？
「我們三個一起走啊。」

到了便利商店我買了四盒西莎，
然後他又搖頭擺尾地跟著我們，回到美國隊長的餐車旁邊，
黃醫師陪他吃了一頓宵夜。

這件事發生的太突然，
我心裡難受著。

那五分鐘，小白變得不一樣。
不一樣的原因是，
在他日夜流浪的生活裡，
那五分鐘，
他認為他是有家人的。

不知情的人看起來，
就像是我們帶他下樓散步。

每天小白要看多少狗狗和主人一起散步？
在小白的心裡，那五分鐘，
他終於可以和他們一樣，
有人幫他注意馬路，
有人和他玩耍，
有人在意他是否吃飽。

要離開前，
小白傻傻地站在車門邊，
背後透著黑夜裡餐車溫暖的燈光。

想著剛才遇見的路人，
他們說第一次看到小白是被裝在箱子裡，
一對年輕的男女棄養了他。
從那時起小白就一直在這個十字路口不願離去，
就算走遠了些，也一定會再回來等待。

如果看到這篇文章的你，在不遠的地方，
請來美國隊長餐車，支持勇敢作夢卻腳踏實地的年輕人。
也來摸摸小白，當他五分鐘的家人。

這個故事，還沒有結局。

美國隊長餐車只要有出動，

有客人，小白就有伴。

陽光嘟嘟貓

嘟嘟貓是帕子媽的朋友，
他遇到了很困難的事情，
因為醫療需求特殊，
所以他並不是診所的小客人。

雖然他五級癱瘓，
但是他總是向陽。
在過去幾個月，
很細心的中途爸媽沈穩地陪伴嘟嘟。
中間多少辛苦我們不能真正體會，
但是用「絕對不放棄」來形容，
是最貼切的。

嘟嘟貓多次來診所找帕子媽聊天，
他雖然癱瘓包著尿布爬來爬去，
但是他的心靈如此健康明亮。

他的不同在於，

每天的擠尿擠便，每週不止一次地奔波看醫生，

都抹不去他對生活的熱愛。

嘟嘟貓現在遇到現實的困難，

他的復健是在和時間賽跑的。

每週的針灸療程需要更密集，意即需要更多的錢。

嘟嘟貓還有他的照顧者，都是帕子媽實際相處過，不輕易求助，正直善良的貓和人類。

一起來，有你的幫助，希望的光會更接近他。

認識小車七年了

對外面的孩子，無法承諾什麼。

但是，只要妳活著，

我們一天都不會讓妳餓到，

一天都不會讓妳空等。

小車，

是我七年前開始餵養街貓的第一批，僅存的一隻。

叫她小車，是因為她永遠等在巷口的第一台車下吃飯。

我記得她第一次生孩子，在老公寓堆放的紙箱區，

那一胎被一個啞巴整窩丟棄，還打了小車一頓。

她的第二次生產，

公寓的某層樓對她友善，放了箱子在家門口讓她坐月子。

那一次她也只帶大了一隻小貓，

她開始會帶著那隻小貓出來吃飯，

孩子和她長得一模一樣。

而那時候的我剛開始學做ＴＮＲ，

某一天我去餵養，

小車一直叫，不願意在車下。

她帶著我往後走，

我看到了她的孩子在巷內被車壓死。

看血跡，她應該是把孩子從路中間咬回路邊。

我不知道該怎麼安慰她，

只能匆忙的把小貓抱走。

結紮後的小車，還是每天等著我們開飯。

七年了，我很珍惜我們的感情。

這個餵養點多次和不友善住戶衝突，

但是我們從來不退讓。

我們只能這樣捍衛著小車。

心之所屬

孩子們永遠是主軸，

如果你願意，

他們可以是太陽，也可以是星星。

幾年前社區有個守衛，很喜歡找人聊天打屁，
我並不喜歡和不熟識的人攀談，總是避他一些。

有一天他跟我說，
他很愛魚，
假日的時候他都去淨灘，
想幫流浪魚做一些事情。
社區大廳的魚也都是他細心照料，
說著說著，
他的眼神居然和平常變得不一樣，
一閃一閃的。
我相信每個人都有自己心所屬的一塊柔軟美地，
也許是慢飛天使，

也許是弱勢家庭，
也許是路邊賣玉蘭花的老婦，
也許是流浪貓狗，
也許是流浪魚。

當觸動到你心的那一塊，你便可以超越，
願意將自己的一部份分享出去。

我不想討讚的心情和不想討罵是一樣的，
面對小生命，學到的是謙卑。

孩子們永遠是主軸，
如果你願意，
他們可以是太陽，
也可以是星星。

我急欲脫去的是光環和鞋子，
赤腳踏著實地，
溫柔而堅定地，
長久而安靜地，
和孩子們一直走下去。

每一個孩子都是帶著使命而來

雖然知道孩子已經走了，
但是心裡還是只有一個念頭：
「有孩子在等我。」

某天接到通報，有個孩子死在廢棄屋頂上。

那區一向對自由貓不友善，
餵養的志工常被罵到街坊鄰居都出來看。
一個雜貨店的老伯最兇，
講情講理或是互罵都沒有用。

那時盛夏，
我因為接到通報資訊有誤差，
孩子在屋頂曝曬了兩天。
聽到孩子還在那裡，一來不忍心，二來擔心傳染病，
帶著工具我就去了現場。

房子屋簷都是老舊、髒亂，沒有規則的鏽鐵絲捲。
其實若無人類的打擾，不失為自由貓的安全高度。

到了現場，老伯就開始碎念。
當下最重要的是自己先看好哪裡可以踩，哪裡可以跨。
雖然知道孩子已經走了，
但是心裡還是只有一個念頭：
「有孩子在等我。」

然後我開始攀爬，手抓住屋簷，
撐跳起來，轉身坐上屋頂。
這一跳，老伯居然拍起手來叫好。

其實我從來沒有跟人說過，
我在上面看到的孩子，曝曬兩天，腫脹發臭，
沒有臉和眼睛只有滿滿的蛆，皮毛黏住屋頂。

我雙手捧起他，跟他說對不起，我來晚了。
放進袋子裡，
屋頂還留著他半面身體的皮毛和屍水，
然後我帶他一路走回診所火化。

如果有一天，你有機會遇到某個需要幫助的孩子，

請不要猶豫。

請相信，每個孩子都是帶著使命而來，

只是當下的我們並不清楚。

我並沒有比誰膽大，
只有一個念頭。
我並沒有習慣死亡的氣味，
只有把心放正。

要離開之前，聽到老伯說：「原來你們也是在做善事。」
那之後的一段時間，
我聽餵養志工說，老伯開始餵貓了。
他會放吃的在車底，去收盤子的時候還會搖一搖。
開心地說：「ㄟ～有吃耶。」

我想，
這就是這個孩子來到這個世界的意義。

雖然有些奇怪，
我的臉書，多半都是很正面的紀錄。
就算是苦痛，我也因為受到孩子的影響，
用正向的方式去表達。
若是暗黑，我就留給自己，輕輕帶過。
因為我相信負面的情緒，並不會產生共鳴。

世界上最美的風景

11 度飄著小雨的今晚，
竹圍有一場小小的音樂會，
溫柔的聲音有點像清晰的彩虹。

揹著包包的男孩，
總是和他憨厚的大黑狗在一起。

男孩不是相對多數的一般人，
在無意間幾次看到路人對他的嘲弄後，
我時常偷偷陪他們走一段路。

男孩是我見過最純真的人，
他會大聲地唱出他心中的歌曲，
真心擁抱無主的貓狗。
在他的眼裡，世界沒有差別，
只有愛和歡喜。

今晚我看著他和憨狗的背影，
隨著音樂左右搖擺，
我的心大大地被感動。

對我來說，
世界上最美的風景莫過於此。
祝福你。

親愛的女孩，我們天家再見

「能夠遇見乾媽和巧仔，是我一輩子最幸福的事！」
這是妳留給我的最後一句話。

巧仔媽所寫下的，與巧仔成為家人的過程。

巧仔是我關注乾媽以來，一直放在心上的孩子。

從他被不好的主人手中救出來，送養成功又退養，巧仔是我成年後，第一次下定決心要照顧一輩子的孩子。

從一個月連續地探視與散步，到他頭也不回的跟我上車回家，陪伴我五年多的時光直到病逝。

他一直是個貼心聰明又帥氣的孩子，太貪吃可能是唯一小無奈的煩惱。

但跟我們擁有的美好回憶，一起旅行，一起兜風，一起奔跑……。那根本也算不上煩惱了！

想跟乾媽說，謝謝妳對毛孩們無私的愛，也透過巧仔讓我深深的被他所愛。
謝謝妳替不會說話的毛孩發聲，能夠遇見乾媽和巧仔，是我一輩子最幸福的事！

母親節蛋糕

表現同理心是需要一些勇氣的。
但是有了這樣的勇氣，世界真的會不一樣。

有一個女人，
她無意地注意到某間便利商店的大夜班店員，已經一年多了，
店員長相老實，他值班時的貨架總是整整齊齊。
走進店裡除了那聲「叮咚」，總還會有他的一句：「你好」。
當客人多看一眼特別的商品，他會說：「請參考看看喔」。

他的聲音，和他的長相一樣樸實。
這位店員是一位身障人士，一隻手和一隻腳不太方便，
所以他補貨品上架的時間總是久一些。

女人昨天特地去了那間隨處都有的便利商店，
訂購母親節的蛋糕。

選好了之後，
女人抬頭問了這位店員：「你媽媽喜歡什麼口味的蛋糕？」
也許問得突然，他小聲地說：「有水果的。」
女人對他微笑，跟他說：「來，你也選一個蛋糕，我想送給你的母親。」
他完全呆住，更小聲地說：「真的嗎？」

就攤在櫃台的各式蛋糕圖片，有的花俏、有的典雅。
店員的眼睛，沒有在看蛋糕的圖片，
他發呆著和女人對看。

女人微笑誠懇地請他選一個媽媽會喜歡的。
他的手，不偏不倚地指在一個極溫柔的蛋糕上。

女人才真正確定，
他想買那個蛋糕給媽媽過節的念頭，
不是第一次。
請他自己選擇提貨日，
心裡偷偷地祝他母親節那天有休假。

美好或悲傷的故事，到處都有。

需要關心或幫助的人，其實可能就在身邊。

溫暖不用尋求，它就在你我的心上手上。

不見得大鳴大放，或大災大難。

不見得刻骨銘心，或情操偉大。

同理心是一種感覺，表現同理心是需要一些勇氣的。

但是有了這樣的勇氣，世界真的會不一樣。

CHAPTER 4.

有無窮力量的笑容。

請不要讓他像一粒塵埃

數月前，

有個網友通報了這個狀況不好的老孩子，

便接他入院調養。

大黃其實沒什麼大問題，

除了愛滋，就是老了。

他很安靜，總是在睡覺，

也喜歡和人撒嬌。

大黃不愛奢華的東西，唯獨鍾愛這個小枕。

吃也吃不多，仿佛一切都看得淡然。

從不費心自己洗臉，也不會用貓砂，

像個可愛卻固執的老爺爺。

再過幾天，大黃即將要原地放回了。

晚上走進他的病房，看他抱著小枕頭安心安全的睡著，

我心裡難過極了。

外面的孩子，極少數能夠善終，
這樣安然熟睡的日子，他也許盼了一輩子。

我知道很難很難，他老了不漂亮又不愛貓砂。
但是我真的真的好希望他能有個家，
希望有能力並且願意認養大黃的朋友和我聯繫，
請不要讓他如一粒塵埃，微小地離開。

後記：大黃已離開。

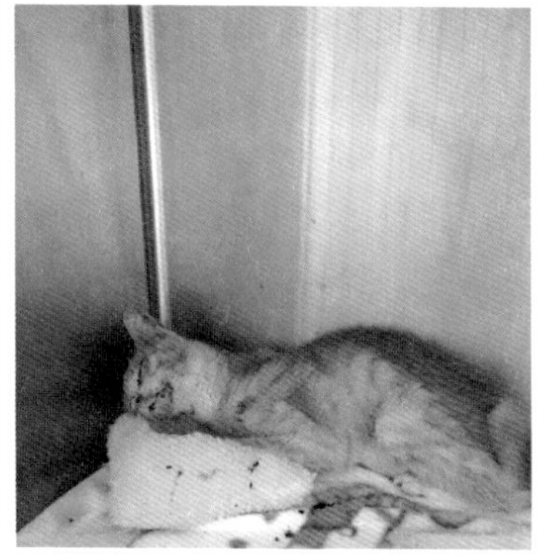

胖貓也想有個家

親人的浪貓，在巷子裡被壞人用掃把打，
小胖子害怕，躲去車下，壞人就用戳的！

小胖子希望有個家。

小胖子本來是我們在外面餵養的孩子，
被欺負後我們無計可施，接回來照顧了一段時間。

她從在路上的時候就是一個小胖妹，
照片裡那招站起來討摸摸，就是她在路上學會接近人的方式。
她還有個兒子，和她一樣胖嘟嘟的，專長是路倒翻肚。
我看過他們追著一個路人，一邊追，一邊倒地翻肚，
不短的一條巷子，他們是用翻肚子走完的。
想來很心酸，這麼親人可愛的孩子，要這樣被欺負。
我也看過他們連躲雨的地方都沒有，
就傻傻的坐在路邊淋雨等飯吃。

那條巷子之前有一隻貓，也是很親人，最後被虐殺。
是先用掃把打到貓不會動，再被丟進洗衣機去洗，然後被那個壞人從山上丟下去。
也是因為這樣，我們必須將親人的小胖子跟兒子帶走。

後記：我們中途了小胖子五年後，小胖子送養。
於 2017 年 1 月 25 日心臟病離世。

老有善終，人跟動物都需要

這個孩子，

是我在看內湖收容所捕獲公告時看見的。

不知道他為什麼會變成這樣，

接出來，是希望他能至少有個機會，

若真是生命末路，

也有被保護、被疼愛的感受。

診所的助理親自去接出收容所辦理領養，

這樣我們主動帶到身邊的孩子，

「一向都是婉拒任何方式的捐助」。

先前有人在我根本不知情的狀況下，

用我的孩子名義募款，

然後自己把錢收進口袋，

這是相當嚴重而且可惡的！

我們量力而為，希望孩子老有善終。

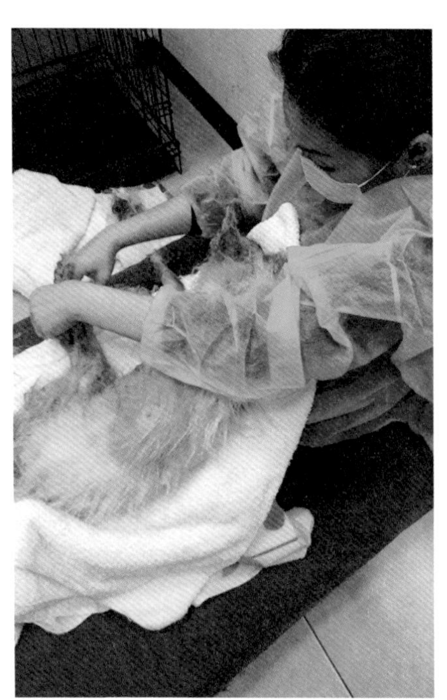

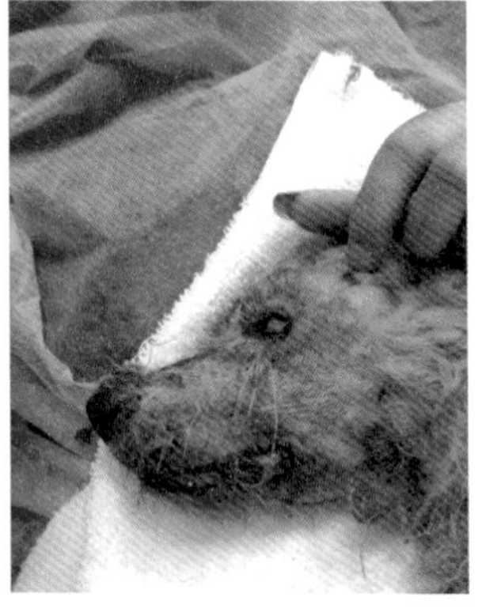

今晚開始，

願妳夜夜好夢。

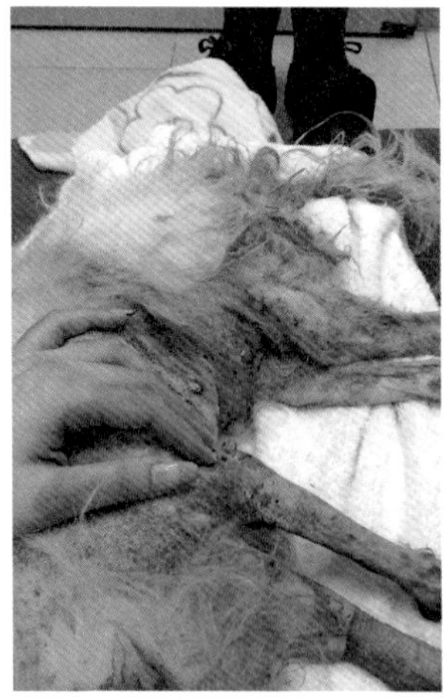

沒有媽媽的小小貓咪

早上 5 點看到網路通報，
說孩子放在店門口的紙箱，
因為擔心孩子被狗咬死，
我和黃醫師就出門去找尋，
但是遍尋不著。

近中午的時候，
通報更新為拉麵店後防火巷，
火速出發，帶回診所。

防火巷連著廚房非常炎熱，
抱起孩子時，脖子都是軟的，
眼睛嚴重感染，
應該超過 1 公斤的年齡，卻只有 400 克不到，
脫水、營養不良。

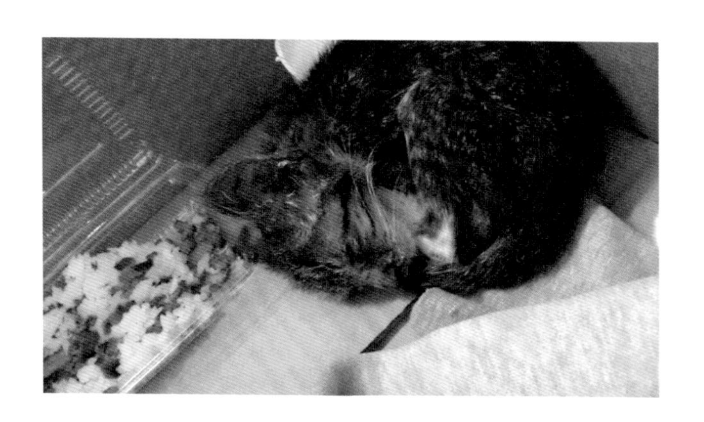

不知道和媽媽走散後，自己在外面有多辛苦難捱，
這個世界太大，對小貓咪來説真的好難。

目前無法自己進食，
雖然看不見，
但是溫柔親人。

人類欠你一句對不起

你總是這樣看著我，
可是我沒有答案。

我不知道，
你是怎麼掙扎拉斷固定捕獸夾的鐵鍊，
我不知道你是拉扯多大的力量到見骨，
我不知道那晚你的唉嚎有沒有人聽見。

你總是這樣看著我，
我知道你從來不是親人的孩子，
我知道你不相信我，
但是你不曾試圖攻擊我，
就算我們截掉了你一隻腳，
你也只是這樣看著我。

當我蹲下到和你一樣高度的時候，
我知道，你是好孩子。

身為人類，
我們都欠你一句對不起。

主人，你真的捨得嗎？

他還不到 1 歲，被惡意棄養在山上。
短短的幾天，就被車子撞了兩次。
動了一次大手術，等調養後進行第二次的大手術。

進到病房，他總是靜靜地趴著。

當我靠近他的時候，
他會歡欣不已地想趕快露出肚子示好。
但是又怕我走遠，而掙扎著爬起來。
頭還沒到，急著伸長舌頭想舔我的手。

一隻後腿才做過骨科手術，他那樣的急迫，
我知道其實是很痛的。
但是再痛，也比不上我掉頭就走的痛。

也許他怕，像那天在山上那樣，
怎麼追都追不到主人的難過，

他跑過的路，滿地是破碎的心。

把他抱起來的時候，
他還是像幼犬一樣讓我們嬰兒抱。

也曾經是被抱在懷裏的孩子吧？
你怎麼捨得？

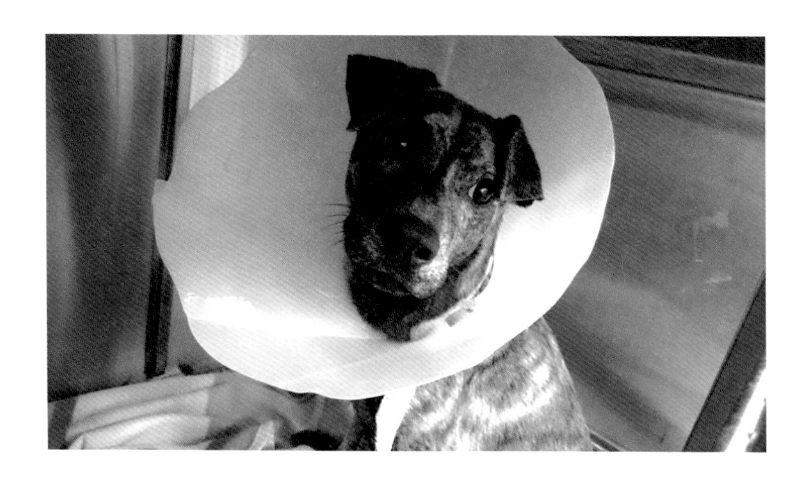

有孩子們，才有帕子媽的人生

救援、送養、送終，
是我必須，也不會閃躲的承擔。

我思考過自己對孩子們的同理心，
為什麼真實地流動在自己的血液裡？
但是沒有答案。

記得很小的時候，
第一次看見一隻黃狗被車撞。
他尖叫著往分隔島衝去，
我瞬間感覺到萬分疼痛，
哭喊著：「救他！救他！」

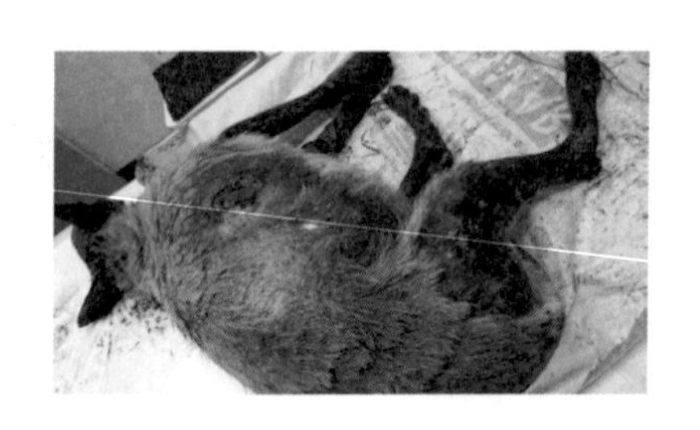

那時候，我的身高只到爸爸的腰，
爸爸拼命地拉著要往車陣裡衝去的我。

我聽著黃狗的聲音愈來愈遠，
然後只記得自己哭倒在騎樓下。

這是一個一直存在的感覺，
但是我從沒想過會在長大以後，
不只有這樣的感覺，
還因此讓孩子們架構起我的人生。

站在醫療救援的前線，看了許多，
有的開頭苦澀憤怒，過程虐心，但結果美好。
有的，就只是萬惡的面貌。

心痛，不會習慣。
那樣腐臭的味道，不會習慣。
再難過當下也要冷靜面對，不會習慣。
不認識的孩子也要讓他好走，不會習慣。

救援、送養、送終，
是我必須，也不會閃躲的承擔。

但是，還有太多太多的問號，在等待答案。

CHAPTER 5.

那些好安靜好安靜的夜

訴說四季的路燈朋友

我家的陽台可以看到一盞路燈，
冬天時樹葉落盡，
我就可以看到它的全貌。
春天來時，
它就會慢慢地被遮住，
直到整個仲夏只剩微微燈光，
從樹葉縫中透出。

我常常看著那盞燈，
對於幾乎全年無休的我們，
從來不知道哪天是元宵，也不知道哪天是中秋。
那盞燈總是會告訴我天地中的變化。
每天梳妝準備進診所前，
其實我都感覺像是在穿上盔甲，
準備迎戰。
回到家後的深夜，
當我看著那搖曳的燈光，

我心中的小女孩就會開始工作。

小女孩，
她的工作是縫補我的心。
長年累月的心碎，都是她趕工讓我再站上前線。
有時候小女孩累了，哭了，
我會拍拍她，
跟她說，
今天先隨便縫一縫吧！能用就好。
我的生活一直在撕裂我的心。
孩子們的幸福或是轉機，就是我的補丁。

過去的幾年，
面對救援、中途、送養、醫療、門診，
太多太多的故事，
太多太多的精彩，
也太多太多的遺憾。

我最近一直想起三年多前，
有一對父母帶著唸小學的孩子，
提著一個黑色垃圾袋進到診間，

他們從袋子裡拉出一隻柴犬。
全身僵硬爬滿數百隻的螞蟻和蟲，
後腿呈現非常奇怪的骨折。

那是他們家的狗，
問死多久了，他們說不知道。
問本來就骨折嗎？
他們說不是，是剛才把他裝進袋子的時候折斷的。
我永遠都記得那個小學生無所謂地在診間玩耍，
也記得那對夫妻臉上的表情。

救援很苦，
跟上帝搶孩子的命很苦，
外面吹風淋雨的很苦，
可是沒有比這個孩子更苦的。
我幫過那麼多血肉模糊的孩子裝箱，
幫過那麼多受盡病痛折磨的孩子送終，
可是沒有一個，
比那一次更難受，也更替他感到解脫。

那一晚，

我心中的小女孩工作了好久好久，

妳要保守妳的心，勝過保守一切。

人心的一善一惡在世界上，

往往成就圓滿或是悲慘的結局。

大橘子身負的使命，不明

照片裡的貓咪，叫做大橘子。

一直在友善的社區裡自由生活，

他很親人，會陪著人類朋友散步。

大橘子在不到兩天前，

被一名台灣大學中國籍的學生。

活活掐死。

因為他不是那區第一隻被虐死的貓。
前兩天我私下收到案件的進度，
壓在心上，只想著希望順利。
有監視器畫面，知道是誰，有名字、有照片，
甚至有車牌、有住址，
但是虐殺者被放走了。

我們正在開半夜的手術，
因為不想影響醫師的情緒，
我反常地呆坐在旁邊。
我可以感覺到自己全身的血液都在沸騰，
沒有過這麼大的負面能量，
徹底地侵襲著。

這是我第一次，不願意抱出任何孩子親人訓練。
心中有這樣巨大的憤怒，沒有資格抱孩子。
每一年，我個人都會很近距離地接觸到一次殘暴的虐貓案件。
每一次，虐貓人都沒有受到制裁。
無論他們再如何囂張，
欠孩子的，我一次都討不回來。

我想問警察，想問法官，想問上帝，

你們看到了嗎？

那些人不是瘋子！

他們的心是那樣狠。

一次又一次，他們沒有受到制裁，

而我們必須和他們生活在同一個社會，

而我們必須讓我們的家人，跟他們生活在同一個社會，

這會讓我們發瘋，你們看到了嗎？

這是我第一次為受虐案件流下眼淚，

他們於我們如珍寶，如世上唯一的乾淨靈魂，

卻一直被那些魔鬼糟蹋加諸恐懼。

人類的邪惡，操縱了太多太多這個世界上其他物種的命運。

很抱歉，

我沒有更高的智慧，來洗去滿心滿嘴的憤怒。

這位陳同學，和我所有接觸過的虐待動物者，

你們使朋友家人蒙羞。

蘋果多多

這條項鍊，我和妹妹一人有一條。
它伴我們走過妹妹辛苦的妊娠期，
和這之前與之後，許多的眼淚和歡欣。

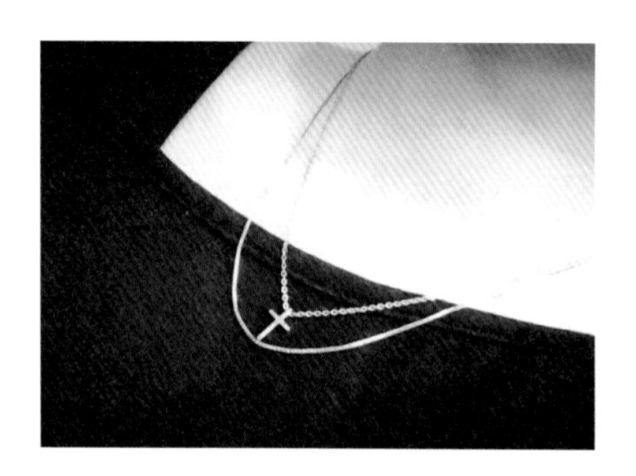

一個月前，
我的好朋友多多身體不舒服。
他是個非常沈穩的孩子，
偶爾眼神透露出一些心事。

但是在某些時候，他會出現一個，
似乎在青青草地上，吹著舒爽涼風的表情。
多多最喜歡吃蘋果，
所以我在心裡偷偷叫他蘋果多多。

面對複雜又變化很快的病程，
多多極盡優雅地面對。
他的指數不好，我和多多媽媽一起煩惱。
他的指數進步，我和多多媽媽一起歡喜落淚。
母親節那天，我們倆個非常開心。

我喜歡親吻多多的頭頂，
也喜歡媽媽握握我的手，
用眼神説著那許多許多説不出口的話。
我把我的項鍊交給了多多，
好希望，他可以好起來，
多陪媽媽幾年。

前天晚上應該要來拿藥，卻沒有出現，
我和黃醫師心情沈重不已。

昨天收到了多多已經帶不走的項鍊，
我痛哭了一場。

蘋果多多，
你帶走了好多好多的祝福，
留下了好多好多的美好。
你是那樣勇敢，
阿姨很想你，
謝謝你總是貼心。
你媽媽的心上有一個很大的位置，
是因為你才有，
也會一直留給你。
她很愛哭，但是你教會她勇敢。

天堂有一棵蘋果樹，
是阿姨幫你跟上帝求的，
希望你喜歡。
愛你！

我們都愛你

我們在你身邊，黃醫師在聽診，
我摸摸你的頭，叫喚著你的名字。

抽搐了兩下，你休克了，
黃醫師看我一眼，我叫急救。
插管、強心針、心臟按壓……
我心裡數著 1、2、3，1、2、3，
手動呼吸，
再一次、再一次、再一次、再一次……

我一直叫你回來。

你爸爸趕到了，他一直叫你回來。

回來！

不要這樣對爸爸媽媽。

我的手機開擴音，

你媽媽哭喊著愛你，

愛你。

我們急救了 40 分鐘，

你走了，沒有回來。

我趴在你身上，親吻你的臉。

乾媽愛你，

乾媽愛你。

家的後面

家的後面，是一大片的學校公園預定地。
但其實就是一大片高高低低自然生長的土地，
有些年長的人圈起一小塊種種菜。
我常笑自己看不見眼前的 1000 元，
可是看得見 200 公尺遠的貓狗。
而這樣的 200 公尺裡，我有幾個朋友，
一個路燈朋友，三棵樹朋友，兩隻鳥朋友，和一群鴿子朋友，
然後就是兩隻黑狗朋友。

我每天都遠遠地看著他們，
秋晨天涼時，兩隻黑狗會挖洞。土和草一直往後飛，
然後他們一起窩在泥土洞裡取暖。
好天氣的天光，
他們會翻肚子在雜草裡快樂扭動。
有時候追追跑跑，
雜草有些高，
我看著兩個孩子跑跳的身影。

不見，又出現。
出現，又不見。

我沒有看過有人去餵食他們，
倒是看過一群麻雀在他們挖洞的地方覓食。
前幾日氣溫降了一些，剛亮的天飄著小雨。
我看著他們在雨中，站在高起的土地上，
那樣威風，那樣舒服。

每一次大颱風，飛走的都是另一邊工地的鐵圍籬。
雖然擔心，但是他們每一次都又安然地出現。
我不禁開始想，
天地是所有生物的，人類也是生物的一種。
若是人類懂得多一些的尊重，
那他們才是真正自由的。

除非棄養，
不然流浪二字對於他們來說，是否太沈重？
淋雨不可憐，可憐的是不知道為什麼一定要撐傘。
冬日的陽光再珍貴，也無法收藏。

人文的事，無法重來。

人們對待其它同為動物的方式也無法重來，

沒有尊重，哪來的自由？

10度角

我的房間裡有一座沙發，是閱讀時的天地。
剛開始的時候，我一直把它擺成我喜歡的角度。
那樣的光線最舒服，房間整體看起來也最好看。
但是每一次我走過，
總是撞上它的邊角。
歪了，我就把它挪回去，
一天總要撞上幾次，
也就一直反覆地，
在那個也許只有 10 度差異的方向執著。

幾天前我告訴自己，
撞到了，就不要去挪動，
多走幾次，沙發自然會出現真正合理的角度。
而不是我希望或是自己認為，最協調的位置。

然後我開始思考，人生也是如此，
若非不可妥協堅不可摧的信念，

許多的人事，表面的協調並無意義。

真正的動線，

是走出來的，不是擺出來的。

無謂的 10 度，

切掉也罷。

如果我有人類的孩子

如果我有人類的孩子，我想告訴他：

身為人類最大的恥辱就是欺善怕惡，欺負相對的弱勢。
永遠記得保護貓狗和其他的生物，善良會讓你強大。

凡事先守護家人的感受和想法。
外人的觀感不會傷害你的家人，你的才會。

投資自己，看一本好書或是一部好電影。
買名牌不是投資自己，不要誤會了。

掃地就認真掃，如果連地都掃不好，沒有什麼事能做得好。

遇到困難，不要急著收拾行囊離開，
很多時候問題在自己身上，走到天涯海角都一樣。

幽默是拿自己的故事來說笑，取笑別人不是幽默。

看事情的時候，拿起來在手上轉一轉，
每一面都看一看，然後再來形成自己的視野想法。
總是只看單一面向的人，和反覆撞牆沒有不同。

不要武斷地評論大小事，小到路人的髮型，大到是否廢死。
沒有全面瞭解的事情，不要輕易表態。

不要只用錢或物質去表達自己的關心或是愛。

先想自己能做什麼，不是先想別人能幫你什麼。

不要貪小便宜。

開車、騎車上路是嚴肅的事情。
沒有人應該要為了你逞快的不負責任而受傷，
包括任何一隻貓狗。
凡事都請留安全係數給自己和別人。

不要一直膨脹自己的情緒或是悲慘的遭遇，因為真的沒有那麼重要。

酒是開心的時候喝的，不是難過的時候。

愛情使人盲目，婚姻使人眼界大開。

最後，不管你長得多醜，把自己打理乾淨。

我也許會覺得抱歉，我生給你跟我一樣的單眼皮，但是你應該感到開心的是，你看得見。

乾乾淨淨的出門，把家裡也打理乾淨，表裡如一的人不會感到害羞。

PS. 揹去上學的誘捕籠要記得揹回來，還有媽媽等你發明貓傳染性腹膜炎的藥。

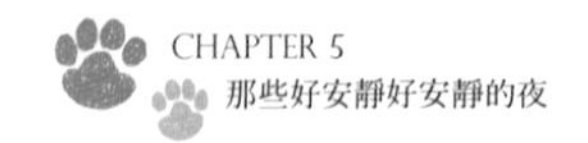

我想念你

我想念我們一起笑到流眼淚。

你沒有教過我怎麼去愛，
但是你教會我沒有不愛的理由。
你沒有教過我什麼是錯，
但是你教會我對的事不需要迴避。
你沒有教過我堅強，
但是你教會我蹲下是為了跳得更高。
你沒有教過我要認真讀書，
但是你教會我文字是慎選地表達。
你沒有教過我如何道別，
但是你教會我相聚的美好。
你沒有教過我怎麼教育下一代，
但是你教會我信仰的傳承。

不管別人怎麼說，
你的背影在我眼裡永遠剛強。

人生四季，

你就是我的天。

CHAPTER 6.

你的好，超越一萬年。

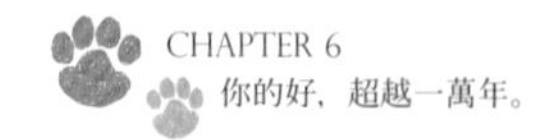

副院長小玳

呆呆貓，呆呆貓，

吃完飯飯去坐院長椅好不好？

大約四年前的某一天，黃醫師去餵外面的孩子回來，
他說：「好奇怪，今天有一隻玳瑁貓，站在屋簷上看我。」

從那天之後，他每天回來，都會和我提起那隻玳瑁貓。
說她會一起來等飯了，說她很乖之類的。

某一天，
黃醫師回來的時候，提著那隻玳瑁貓。
他說：「她真的很特別，幫她找個家吧！」
我只是聳聳肩說：「玳瑁不好送，試試看吧！」

就這樣，我們認識了小玳。

小玳真的很乖，
喜歡呼嚕，喜歡吃飯，喜歡半長毛的那條毯子。
她從不生氣，也不暴衝，和別的貓狗總是和平相處。

在成貓送養很競爭的環境中，小玳一直沒有被人注意。
有許多認養人來看貓，可能全住院部都看過了一遍，就是看都不看小玳一眼。
雖然我很難過常常安慰她，但是我發現其實小玳並不放在心上。還是一樣，看著人的眼睛就會開始呼嚕。

她是隻好貓，我心裡常常這樣想。

就這樣，我們開始帶小玳出來診間上班。
說是上班，其實也是不想讓她的生活空間只有籠子；說是怕她無聊，不如說是陪伴我們。很多個黃醫師體力不支，睡著在診間的晚上，陪伴他的，就是小玳。黃醫師的椅子，除了他自己，最常坐在上面的，也是小玳。

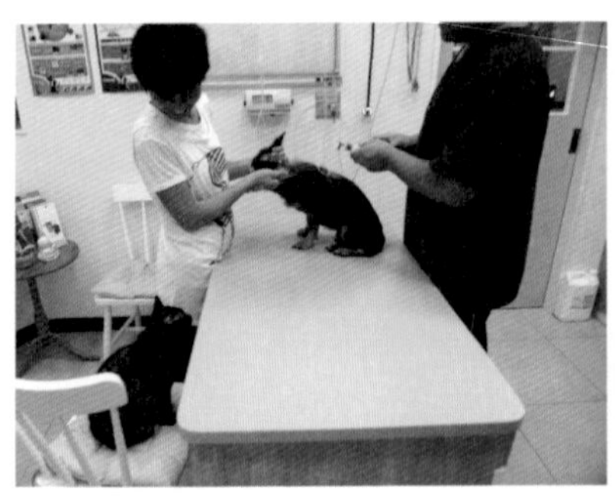

慢慢的，小玳在我們的心裡有了重量。
呆呆貓，呆呆貓，我們常這樣叫她。

有大狗來看診時，小玳會自己跑去電腦主機的櫃子裡睡覺。
有小狗小貓來看診時，小玳會坐在旁邊，幫他們加油。
我和黃醫師都沒說，但是我們早就決定把小玳留在身邊。
過年前，我們開心地說，小玳過完年就要榮升副院長了！

2012 年 1 月 3 日那天，
小玳突然變得不想吃飯，還發燒了。
我們當天帶她出來檢查，發現小玳急性腎衰竭，還帶有一些其他的病症。雖然發現的早，但是是愛滋咪的小玳，在醫療上有諸多的限制。

那天，我大哭了一場。

很多人也許會覺得，你們自己是醫院，不應該這麼沒有信心。但也許因為我接觸多了，比誰都明白醫療的極限，和那些不可逆的病症。身為家長，也身為醫療的一部份，我陷入了理智和感情的拔河。

接觸的再多，我也只是一個母親，
我害怕失去，我害怕看孩子辛苦。

每天晚上，拉下鐵門後，我和黃醫師會一口一口地餵小玳吃飯。看著她消瘦的那麼快、看著她忍耐、看著她聞到安素就想吐的樣子，我們心中的不捨，實在無法形容。

一餐，要餵一個小時，可是我們真的捨不得幫她裝鼻胃管。

呆呆貓，呆呆貓，
乖乖打針不要怕。
呆呆貓，呆呆貓，
再吃一口就好了。
呆呆貓，呆呆貓，
吃完飯飯去坐院長椅好不好？

我和黃醫師這幾天，特別沈默。
說起小玳，我們只有泛淚，然後就是很長的沈默。

我們將小玳的貓砂盆，飯跟水，還有暖氣，都搬到了診間。
希望以前開的那些玩笑，像是：
「小玳～幫忙 key 一下病歷啊！」
「小玳～幫忙抽一針預防針啊！」
有一天還是一樣好笑。

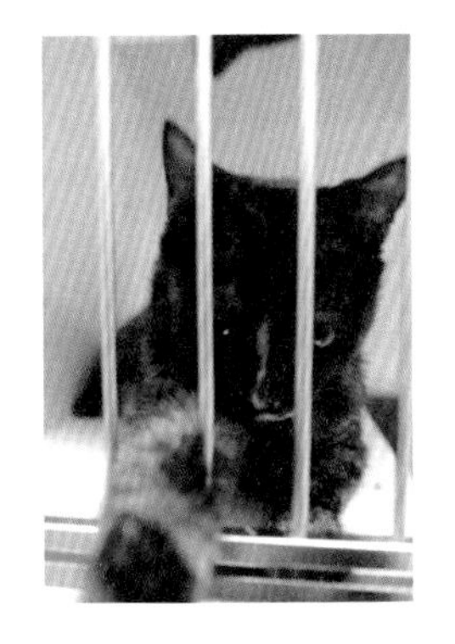

我們面對可能要失去孩子的恐懼，
和任何家長都一樣。
就算擁有全力的醫療和照護，
也沒有給我們多一些決定什麼的權力。

小玳，辛苦妳了。
很抱歉我們一直沒有給妳一個家，請妳一定要好起來，開業很辛苦的這一年，幸好有妳的陪伴，妳為我們趕走了很多的憂傷。現在妳生病了，我們要努力醫好妳，希望妳知道，妳是我們最棒的夥伴。

加油，呆呆貓，我每天都為你祈禱。

黑仔，你無敵可愛

你的好，超越一萬年。

黑仔，我好想你。

如果小世界有一個無形的圈圈，

你就是這個圓圈的中心。

旁邊是也許認識，也許不認識的大家，

手拉著手，守護著你。

愛是真實，愛在白晝也在黑夜，

這是你告訴我們的。

如果可以，

我願意一直默默這樣守護你。

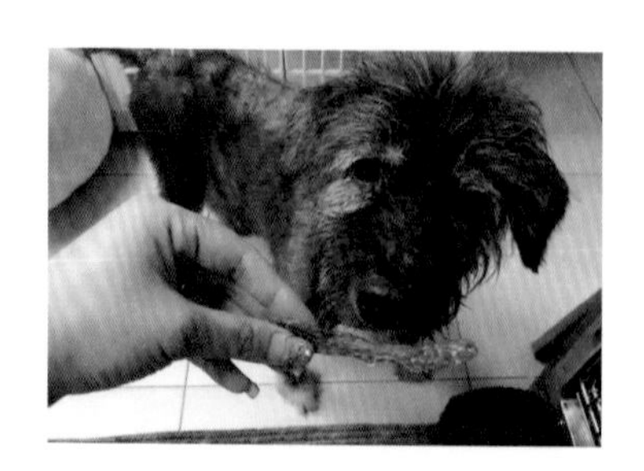

< 動物醫院還有別間，
但是黑仔只有我們。>

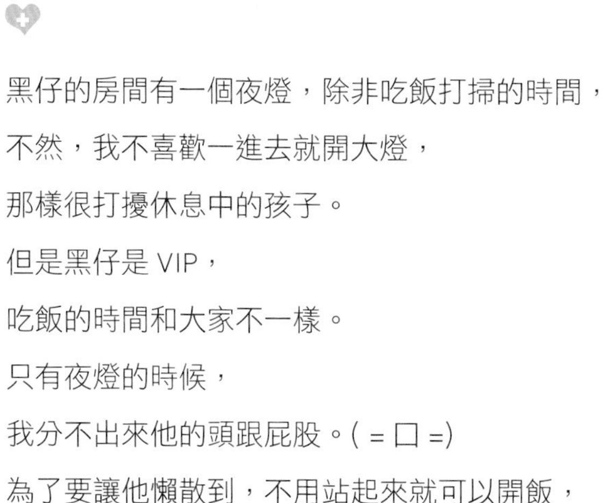

黑仔的房間有一個夜燈，除非吃飯打掃的時間，
不然，我不喜歡一進去就開大燈，
那樣很打擾休息中的孩子。
但是黑仔是 VIP，
吃飯的時間和大家不一樣。
只有夜燈的時候，
我分不出來他的頭跟屁股。(= 口 =)
為了要讓他懶散到，不用站起來就可以開飯，
只好不好意思地開一下燈，放好飯盒就趕緊退下。

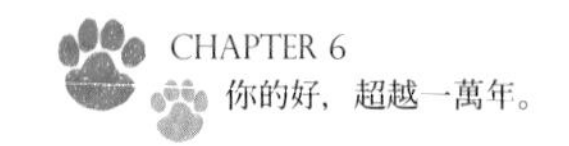

過去的幾年，黑仔的主人總是說：

「他很小的時候我就抱回來養了，他 18 歲了耶」

「我每個禮拜都幫他洗澡」

「我都有帶他去看醫生，但是他就是不會好」

「我們在他身上花了很多錢」

過去的好幾年，大部份的人都以為黑仔是流浪狗。

有些人以為，他的主人人很好，願意把騎樓給黑仔歇息，

不少人拿過吃的、用的過去給他的主人，

連在騎樓下黑仔的小房子，也是別人搬去給他的。

其實，

黑仔的皮膚因為長年的皮膚病，已經角質化。

他的兩個耳道都潰爛，完全看不到耳道，只看得到膿泡塞著。

他的腳，斷過兩次，一次是車禍，一次是被人踹斷的。

因為沒有就醫，現在已經是不適合再動刀的舊傷。

好長一段時間，黑仔的吃食，都是由竹圍一對夫妻每天帶去給他的。

上次因為摘除腫瘤而住院，是那對夫妻和一位老師，以及我們一起包下所有的費用。

他的主人，什麼都沒有給他。

是黑仔對他的愛，讓他留下來。
讓他就算寒流颱風，酷熱炎暑，被踹被人家拿石頭砸，
都不曾離開。

「不要養了」
這就是我在等的那句話。
我不是要大家罵主人有多爛，我要他自己說出這句話。
不要再活在自以為的那麼多年的謊言裡，
他的謊言，糟蹋了黑仔一生的忠心。

18 年的生命，你可以頭也不回瀟灑又滿意地離開。
這樣的人，多麼可怕。
好多朋友在問，黑仔需要什麼？
坦白說，我不知道。
我只擔心我不能讓他快樂，
我只擔心就算我傾盡全身的愛，也來不及。

黑仔，生日快樂
從今以後，我不想再說起你的過去，
只盼你老有所終，愛有所屬。

黑仔在作夢！
我覺得是個開心的好夢，
因為他的尾巴一直輕搖。
我打開燈，去躺在他的身邊，
大口吸著黑仔專屬的味道。
「好奢侈喔」我心裡暖呼呼地這樣想。
他伸了一個懶腰，繼續熟睡。

也說說黑仔的壞話！
昨天截肢的海獅妹，住進了黑仔的房間。
黑仔看到有咩來，趕快把自己弄帥！
然後日夜溫柔、深情款款地看著海咩，
此刻的黑仔，熱戀中！

<2016 年 12 月 13 日

黑仔對我搖搖尾巴，然後結束了他 19 年的人生。>

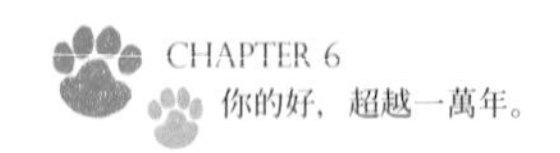

寶貝，你就是我的寶貝

我沒有一天不想起你，
想起你的堅韌及平和，
想起你的溫柔，
想起你在我耳邊呼吸的聲音。

放下一切的忙碌，我想記住這一刻。
搬出了安養用的墊子，
我和你一起躺在診間的地上，
用毛毯包著你。

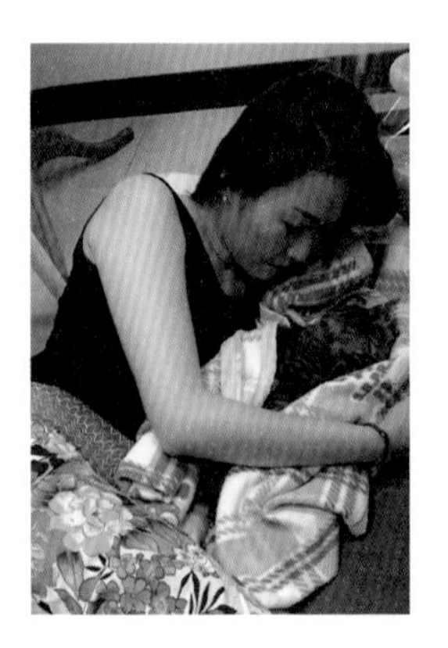

你伸了一下懶腰，
小小破破的腳掌捲了捲。
我說：「阿姨在這裡」
你轉身一個側躺，開始小聲地打呼。

也許很多人不知道，你有一股腐爛的味道。
但是我很喜歡，
因為我可以感覺到你闔不起來的嘴巴，吐出的微熱氣息。
這一口又一口的氣息，得來多不容易。

抱你起來吃飯，發現你會想伸手去抓桌子。
我們做了一些測試，確定你的單眼視力恢復，
也許還不是很清楚，但是你看得到了！
我的心裡激動不已，
好想問你，你終於看到我了嗎？
可是我只有平靜地問黃醫師，
你到底給他什麼藥？

噢！我的寶貝！
我們的路還好長好長，
我不知道我們會走到哪裡？
牽好我，
別擔心，
我都在。

他原本只是一隻自由貓，
被撞得面目全非。
我不顧一切地去愛他，
因為我知道他們擁有最單純的靈魂。
在這個令人徬徨又殘破不堪的世界，
只有他們能夠展現愛最原始的樣貌。

他原本只是一隻自由貓，
卻感動了多少人。
當你進步到可以送養的時候，
就是我們要分離的時候，
但是我不害怕，
因為你懂得去愛。

寶貝有多努力，大家其實都看得見。
帶著這樣的傷，在外面兩週，還渡過了大颱風。
他沒有放棄，我們絕對沒有資格放棄。

寶貝每天進步一些些，
但是很多的狀況都還是未知數。
我不知道該怎麼做，

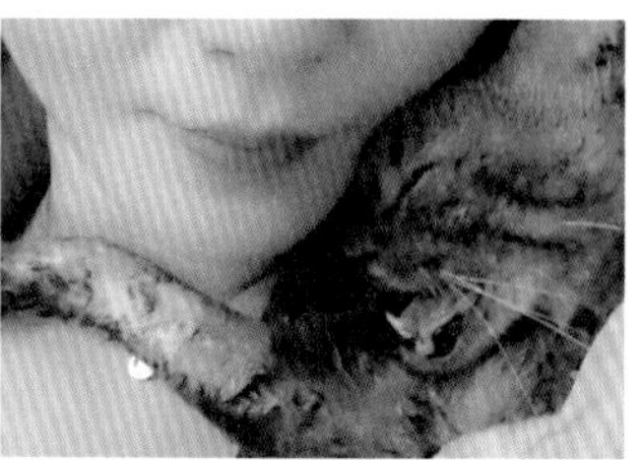

我知道醫療有極限，

但是愛沒有。

如果有一天，寶貝真的進步到有人願意認養他，

最高興的人是我，

最難過的人也是我。

如果可以，

過去的幾年以來，每一個我照料過擁抱過的孩子，

我都多麼希望可以將他們留在身邊。

寶貝是一個懂得如何去愛的孩子，

這一點是他自己證明給大家看的。

我是陪伴者，我會陪伴著他，

一直到屬於他的幸福來到。

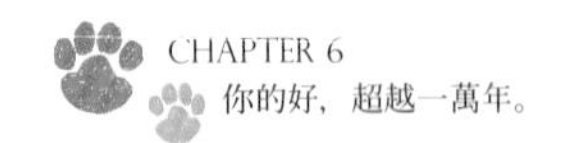

外面下著大雨，我把你擁在懷裡。

我閉上眼睛，然後瞇瞇眼偷看你。

發現你用剩下的那隻美麗眼睛，認真地看著我，

我馬上睜開眼，

你嚇一跳，居然假睡還假裝打呼。

被你逗得一直笑，

你就親上了我的臉。

調皮！

我這樣說你。

< 你還沒有離開，
我的心已經碎了一地。>

我從來沒有一天，

愛你更多，

或是更少。

與你同行，總是昂首，

若有低頭，便是在親吻你的時候。

我對你的愛，像大海一樣，

隨你平靜或是波濤，我都全心接受。

讓你靠著我的肩，就像過去的每天一樣。

離開診所的腳步從未如此沈重。

明天見、好嗎？

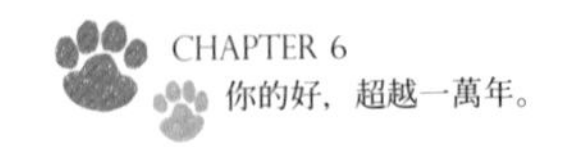

我心中的思辨

有個想法長期在我心中思辨，

在這個資訊傳遞很快的世代，

臉書平台溝通起了無數的救援通報和送認養文。

都從幾個問題開始：

1. 當有肉眼看到狀況非常淒慘的貓狗出現，大量的轉貼留言多是：「誰能趕快救救他」、「趕快聯絡ＸＸ會」 或是 「趕快聯絡ＸＸ園」，「ＱＱ Ｔ＿Ｔ 加油！」或是咒罵或是一串我看不懂的宗教用語。

2. 有可愛的米克斯出現：

「我家已經有Ｘ隻了，不能再養了，誰能養他？」

3. 有品種的貓狗，肉眼看起來無礙，突然就出現一大堆：

「送養了嗎？ 我可以養他！」

「他跟我家的寶貝長得一樣！請告知地點我有意願養他！」

救援特定品種或是狀況的協會，我可以理解。

大小型犬的照顧醫療空間上都有一個框架。

有些協會的成立，不是因為他們有能力，而是因為責任極重。

多的是某些協會狀況不夠悽慘的就不救，
外表愈破爛的搶得愈兇。
因為淒慘照片＝大量捐款，搶到打起來的都有。

但是孩子幾個月後的後續，又有多少人記得呢？
我用我自己帶的三個孩子來思考。

第一個是盼盼，
當時一位志工不抱希望的幫他拍下三張照片，
卻是他命運最大的轉機。
看到照片的我當時還沒有診所，
我只有兩個想法：
「他在外面是吃了多少苦，才變成那個樣子，然後被捕抓？」
「我能為他做多少？」
他是個充滿盼望的例子。

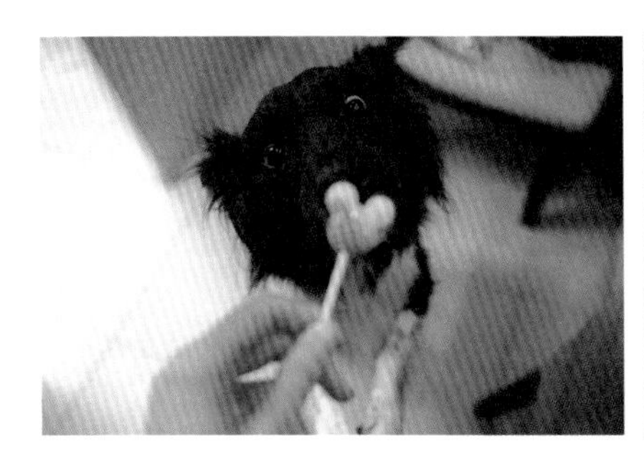

當時，一直到現在，

還是有許多人將對台灣流浪動物困境無力的情感，投射在他的身上。

但是過去的幾年，又有多少的盼盼，痛苦孤單地死在路上或是收容所中？

又有多少的盼盼，變成斂財的工具，彷彿他的傷痕每一道都可以換錢。

當然，盼盼教會了我許多，在很多無力的時刻，他在我身邊三八撒嬌，提醒著我小生命的堅韌，讓我不至於絕望。

但是又有多少人知道，盼盼老了，還是非常抗拒牽繩，還是恐懼有菸味的男人。

第二個是寶貝。

網路上的救援通報，思考了半分鐘，開始聯繫。

兩位車手徹夜北上，寶貝就這樣來到我的身邊。

我和寶貝的餵養人（也就是通報人）通過一次電話。

電話裡只有兩件事，一是讓寶貝先進外出籠準備北上，二是我要求她和我都不能以寶貝的名義做任何的募款。車手一接到寶貝，餵養人就刪掉了當時的求援文。

照顧寶貝的過程，就像是一趟奇幻旅程。

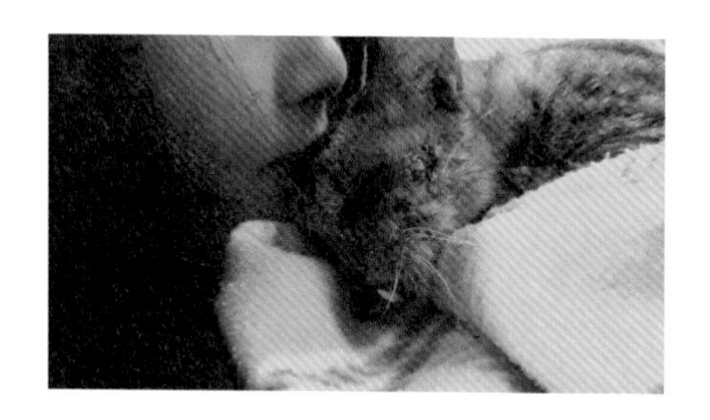

他的溫柔和堅強，我沒有在任何一個人類身上感受過。

在擔憂裡，也要無所畏懼地去愛，他這樣告訴我。

我們一起睡著過，一起唱過歌，一起以為還會有明天。

寶貝離開的那樣瀟灑，

瀟灑到我覺得他也許有些幽默。

第三個是毛老太太。

一樣是收容所的照片，思考三分鐘，開始聯繫認養事項。

「不要讓妳孤單寒冷的在收容所裡死去，不要讓妳的公告照片變成遺照。」

看了她實際的狀況和血檢的報告，「這次我帶著準備來的」，心裡這樣想。

平時走路就很快的我，那幾天都是用跑的。

你的每一分鐘都很珍貴，我知道。

那天妳在軟被上離開，不孤單，不冷。

這三個孩子，大家應該都還記得滿清楚。
過去六年我送養了約 400 個孩子，
大家還記得哪幾個呢？

盼盼，寶貝和毛老太太因為狀況太差而被高度關注。
但是這一來一往的六年之間，
有多少健健康康的貓狗被安樂死，或是流浪街頭？
因為沒有急迫性而沒有機會，
彷彿孩子一定得在死亡面前苦痛地爬一圈才會被看見。
哪一個志工或是ＸＸ園ＸＸ會館，包含我自己，
不是扛到不能再扛，窮到不能再窮，累到不能再累。
鬼門關前的孩子，是我們的盲點，也是我們最大的無力。

如果能有多一個人願意說：
「我雖然沒有經驗，也不是有錢，但是我願意省吃儉用幾個月，讓我來試著中途送養一隻貓狗吧！」
那有多好！
現實是很現實的，聽起來像句廢話。

昨晚加班縫補的孩子，小時候多麼可愛，沒有人認養，
今天再進院，已經被咬成破布一塊。

美國隊長的餐車小白，已經兩週沒有出現，
我不會樂觀地想，他一定是被好人帶走了。

我心中的思辨還很不清楚，
政府愈是無能我就愈模糊，
看到吃相難看的「志工」我就愈模糊，
看到虐狗虐貓的人我就愈模糊。

希望孩子們能帶著我，找到答案。
並且，就算答案很糟糕，
也有面對答案的智慧和勇氣。

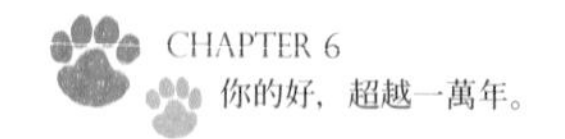

毛毛，竹圍的守護者

毛毛用他獨特的方式，

讓許多人記起了如何去愛，

也深深地溫暖了許多竹圍人的心。

靜靜地我蹲在你身後，

想陪伴你等待你所等待的，

想祈求你所祈求的。

新來的，

我叫你毛毛，

願你日夜平安。

你還是孤單一人。

在熱鬧的廣場中，

你顯得那樣寂靜乖巧。

摸摸你的頭，

陪你吃餐飯，

毛毛，

願你平安。

這段日子，

我們一直在思考怎麼紀念毛毛對竹圍的守護，

然後毛毛的朋友們，決定在他最喜歡的地方，

認養了一塊花圃。

那裡可以看到早上照顧他的麵攤，

也在去買雞排的路上。

毛毛的朋友們會找一天，

大家一起整理花圃，

並將毛毛的項圈放在那裡。

今天跑了一趟花市，

為他挑選了一些花草，

希望以後大家看到這些花草，

可以想起毛毛可愛的模樣，

在地上翻滾玩耍也好，

在排隊買雞排也好。

毛毛，

我們真的好想你。

走在竹圍街上，還是習慣找尋你。

想到你已經離開，

我還是要將頭抬高，以免眼淚落下來。

但是我永遠也不想忘記你，

我們愛你！

謝謝你！

至今，

我都還沒有辦法將你的離開，

用任何形式去表達。

每天走過你曾經走過的路，

是多麼痛苦。

今天走在你被壓死的地上，

我緊緊抓住胸前的圍巾。

一步一步，

都像掉進深淵。

一步一步，

都想起你的可愛和經歷的痛楚。

有人問我為什麼還沒有寫你的故事？

因為，

我不願意你變成只是一個故事。

我真的很想你，

毛毛，

真的很想你。

CHAPTER 7.

見證愛，如同見證奇蹟。

生日當天遇到的貓

生日的那天，我遇到了這隻貓。
他因為臉上的裂痕被孤單地擺在高高的架子上，
櫥窗裡其他的貓咪打著燈光完美無瑕。
我墊起腳，把他抱了下來，
輕輕走到櫃台。

只記得老闆一直說著瑕疵瑕疵。
付了錢，
我一路抱著他走回診所，如獲至寶。

他天天坐在診所的櫃檯陪我們上班，
鮮少有人注意到他的裂痕。

瑕疵是在人的心裡，
不是在小貓咪的臉上。

新手媽媽包

診所不時的會出現一種門診，
一或兩個人走進來，一臉愁慘。
手上抱著一個紙箱，紙箱通常都髒髒的，
並用著奇異的方式固定著。
某人走到櫃台前面支支吾吾，開頭多半是個 「嗯……」
而我會開始故作鎮定，因為我知道他們撿到貓了。

今天，一對情侶便是臉色愁苦地進來診所。
抱著一個用透氣膠布黏著的紙箱。
他們從未養過貓咪，在路邊看到了一隻生病的幼貓，
便鼓起勇氣撈起了她來就醫。

小貓咪上呼吸道感染，瘦小背後的骨頭一根根的。
簡單的觸診後，
我們開了一個罐頭測試小貓咪是否願意進食。
當小貓咪大口吃得「嘖～嘖嘖」，兩個大人臉部的線條瞬間
就輕快了起來。

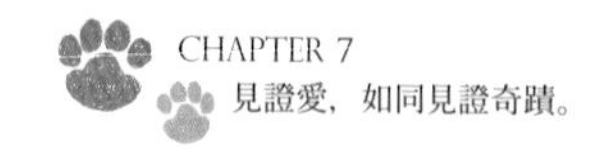

黃醫師一邊繼續醫療，我開始解說小貓咪的照顧方式。

一向我能力許可的時候，
我都會幫新手家長準備一個 「新手媽媽包」，
裡面包括貓砂、乾飼料、罐頭或是奶粉、針筒、尿布等等。
讓新手家長至少在三天內，不用慌張地準備基本用品，
而孩子也能在最短的時間，得到適當的安置。

我解說著新手媽媽包，兩位家長很認真的聽。
眼睛卻一直離不開那個掛著鼻涕，還呼嚕個不停的小朋友，
孩子的每個動作，都讓他們微笑。

離開診所時這些家長的表情，
都讓我難忘。
我總是祝福這樣的新手家長，
因為我知道，
他們生命中的那隻貓終於來到。

現在，我是動物醫院的醫師娘。
但是我從來沒有忘記，
當年抱著帕子站在路邊無措的心情。
好不容易找到了一間動物醫院，
他們只拿了一個紙箱給我，就叫我離開的感覺。

當然也沒有忘記，
帕子半夜呼嚕，
我以為他是氣管破洞而去就診的糗樣。

曾經，我也是那個臉色愁慘的新手媽媽。
我永遠都不會忘記。

和大尾共舞

晚上抱著就要送養的大尾，
在住院部跳舞。
他緊緊地抱住我，
呼嚕地震動和我的眼淚共鳴。
我不知道我有什麼資格，
這樣任性地選擇了一條極苦極甘的路。
每天我為你們祈禱，
祈禱我們的相遇，
是你們最美好的開始。

最美麗的願景

我坐在診所前面這個階梯，

痛哭過，大笑過。

抱過許多奄奄一息的孩子向樓上衝，

也陪伴過許多孩子下樓，往重生出發。

有些時候，

我就靜靜地坐著，看著自己的雙腳，

祈禱我的心和我的腳步，

不管往哪裡去，都能一直穩健下去。

這裡沒有最好的風景，

但是有最美麗的願景。

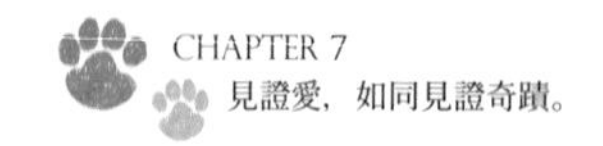

乾媽一直都在

今晚因為某些原因，
回到了阿南和春花長大的地方。
夜很美，
我的每一步都走得悄然無聲。

曾經的九百多個夜晚，
我都是這樣與你們相會。
隔著欄杆，
時風時雨。

有時候你們會像一群野孩子一樣，
跑到對街玩耍。
擔心你們危險，
一路哄哄騙騙地讓你們回去欄杆裡，
但是你們還是一隻一隻地被群狗咬死。

每天半夜點不到名，

我就害怕，

最後只能妥協撤走全部的貓咪。

今晚我回來了，

在風中我跟你們說過，

我不會離開你們。

知道你們現在平安地在認養家庭睡覺，

乾媽只想告訴你們，

今晚的夜很美。

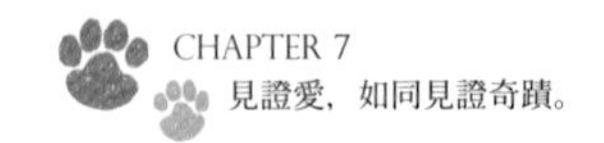

我們一起慢慢走

帕子媽的這條揹巾，揹過了許多的孩子。
它讓孩子們聽見我的心跳，
也讓我感受許多次，小貓咪貴如珍寶的第一次呼嚕。

有人說過帕子媽的這條揹巾有魔法，
其實它是有故事的。

某年的冬天有個孩子來到我身邊，
叫做來富。
來富喜歡用閃亮亮的眼睛觀察一切。
陪伴他的那段時間，我學會了許多。
來富為我帶來了一段不平凡的旅程。

來富離開之後，
他的媽媽捐出了他身後的東西，
將這條滿是愛和回憶的揹巾留給了我。

孩子們的路，

我們都是陪伴者。

他們帶著愛來，

我們就用愛去回應。

讓我們慢慢走，

一起走，

一直這樣走下去。

辭不掉的工作

全年無休沒有日夜的志工，
除了經濟上的現實，心理的壓力更是龐大。

因為愛，他們踏上了這條路。
因為愛，他們要面對比一般人更多的失去。
因為愛，他們的心千瘡百孔。

但是他們堅定而溫柔地承擔著，
做著大部份的人都不能理解的事情。

上山下海半夜出門的愛媽，自己省吃儉用，兼兩份工作，
不管天氣炎熱或是過年寒流，餵養流浪貓狗，
幾十年來，一天都不缺席。

被路人辱罵、被家人不諒解，
糟糕的更會遇到孩子被毒死、被打死、被丟狗、被丟貓。
自己的身上和心上，總是大大小小的傷。

他們錯過了許多。

錯過了每一年的同學會，錯過了那些想看的電影，

錯過了他們少女時期想要成為的那個自己。

沒有為了什麼。真的只是希望這些孩子，能被珍視，

不要餓著肚子，不要感到驚慌。

真的只是對於被錯待和被傷害的貓狗，無法視而不見。

愛心媽媽，這是一份辭不掉的工作，

因為這是上帝的工。

請不要再購買貓狗，

請不要棄養貓狗，

請不要傷害貓狗，

請不要再看不起為流浪貓狗付出的人。

(照片取用於潘小姐 2013 年 FB)

< 參加完送養會的
愛心媽媽 >

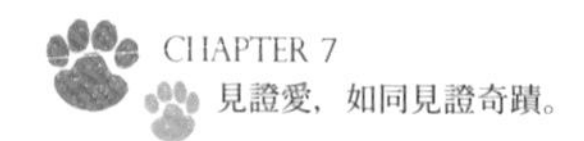

孩子心裡的傷

如果一個孩子，被打到遍體鱗傷，手殘腳斷，體無完膚，
醫療費用要 12 萬，我們救還是不救？
眼睛看得到的傷，我們會跟著覺得痛，那心裡的傷呢？
照片中的孩子叫做蜜雪，漂亮年輕的柴犬。
柴犬的固執、堅決和忠心，是大家都知道的。
我們所知的蜜雪，至少被棄養過四次，也進過收容所。
這對於忠心的柴犬來說，是非常大的傷害。

她不再有歸屬感。
蜜雪的防衛行為，專業的訓練師說過，
在某個成長的階段，她一定被狠狠打過。
接下蜜雪的中途，是帕子媽認識多年的志工。
從小姐時期，每個休假都跑新屋收容所，
拍照、遛狗、抱狗，竭盡所能地讓孩子有被看見的機會。

她抱著待認養的孩子們的照片，每張都笑容燦爛。
但是我知道有太多個夜晚，她是淚流滿面。

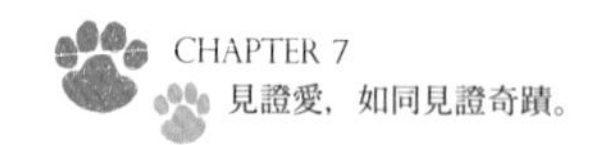

她叫做 Karen。

Karen 嫁為人妻，現在是上班中的新手媽媽。
其實，蜜雪長得這樣可愛，她就是放在路邊也馬上會被人撿走。
其實，安樂死蜜雪，只要 3000 元。
但是這樣的念頭，從來沒有閃過她的腦海。

她要蜜雪找回自己，找到真正屬於她的家人。
她選了最難，最久，也最貴的路，讓蜜雪去受訓。
但是五個月的受訓期，費用是 15 萬，
扣掉前面已經繳出的，還差 6 萬。
然後 Karen 說，她在等生育津貼，來補蜜雪上課的費用。

蜜雪的破碎，都在心裡，我們的肉眼看不見。
但是這樣是不對的，蜜雪的命運必須改變，
不能一直在領養棄養中循環。
請大家記得這篇文章，
請大家記得蜜雪只是個受盡傷害的孩子。

啊賀啦

黃醫師去買便當，

撿回當時還是個寶寶的阿賀。

一手提便當一手抱小貓，

我知道的時候第一個反應是「啊賀啦」，

因此命名。

今天阿賀回娘家看我們，

應該有跳鄭多燕，

身材很好。

阿斌和媽媽的故事

一切的緣份就從 Amilly 開始……。

記得在臉書上總是分享著想要養貓這件事，
Amilly 當時私訊問我：「你要找貓嗎？我介紹個醫生娘給你，她手上有幾隻浪浪。她厲害的是她會幫你配對找到你要的貓！」
我一聽覺得有趣，於是就在臉書的訊息裡認識了帕子媽。
就這樣把我想要的貓條件告訴了帕子媽。

我說我要成貓，因為我想找個貼心室友！要笨、要傻，最好是公的越大隻越好，年紀不在乎！於是帕子媽回我：「有！有一隻傻笨又大隻的」。就這樣我們約了第一次與貓見面的時間，這時心裡覺的非常的興奮！

相親時間終於到！我帶著女兒去見帕子媽一面，然後看貓。我們小聊了一下，問問有關貓的了解。說真的從來沒養過貓，也不知如何的回答，只能說就把他當兒女般的疼愛這點，我相當的肯定我做的到！

之後的第一次見貓，我看到阿斌的第一眼，根本就打從心就覺得他是我的孩子！而且有種小鹿亂撞的感覺。看到他跟女兒的互動，抓著女兒的腳轉圈。哇！好可愛好想馬上帶回家！

相親後，我記得帕子媽跟我說：「賴小姐，阿斌是你的了！你可以找天帶他回家！」

買尬～我永遠記得且難忘當時的心情，當晚高興地睡不著覺。

就這樣阿斌走進了我們的生活！帶回來後真的如同帕子媽說的，傻傻、大隻又親人，偶而會啃啃你的手。

然而經過這1、2年，對！傻傻大隻又親人但是脾氣好古怪，然後也太愛啃人，加上是個吃不飽的貓……。哈哈！不過我還是很愛他，我們互相包容所有，從帶貓回來前，老公因為怕貓阻止，但我任性的帶回來，到現在老公最愛就是阿斌。這過程我相信阿斌也是非常努力的讓爸爸愛他！

謝謝帕子媽無限的愛，你真的讓我好感動！就算是你與阿斌這短暫的緣份，你還是把他照顧著那麼好！你對所有動

物的愛讓我非常敬佩！謝謝你，帕子媽。

我也感謝我與阿斌的緣份，從來沒想過我會擁有一隻貓，但他現在是我的寶貝！雖然他常咬得我滿腳，但我還是很愛他！他療癒我很多內心的情緒，也教會我很多貓式的寫意生活！

謝謝你阿斌！媽媽愛你！

後記：我中途阿斌大約一年。之間乏人問津，第一組就出現兩情相悦這還不奇怪。阿斌送養後幾個月，我突然看到有人發協尋文在找他。原來阿斌是一個叫做橘子的人手奶大的貓。奶大後送養，結果認養人將阿斌棄養在淡水。阿斌的奶爸在一年之後才知道這件事情，急得發瘋，覺得已經被丟掉一年，沒流浪的阿斌大概已經駕鶴去了。我馬上讓橘子和阿斌媽聯繫上，上演了不可思議奇幻再相見。

我的中途男孩

我堅信認養的美好與嚴肅是同等的。
一年多前，有一個男孩想和我認養貓咪。
他的哥哥是我的認養人，幾年下來孩子一直照顧得很好。
因為這樣我同意和他面談，面談的過程，因為不是和哥哥同住，所以他對於貓咪的了解，幾乎是零。

對談的過程也很被動，
面談結束之後，我很坦白地告訴這位男孩，
「我送養的條件，你一項都不符合。」
他的臉很僵，我的臉也是。

我和他說：「請你回去，做好功課，再跟我聯絡。」
心裡想，他一定不會再來了。
從隔天開始，男孩每天不間斷地傳訊息給我。
他不只在網路上找附近動物醫院的評價，也一間一間去走看。
居家環境的照片，從起居處、床底、窗內外、每一個門打開的方向、縫隙大小，都照得清清楚楚。

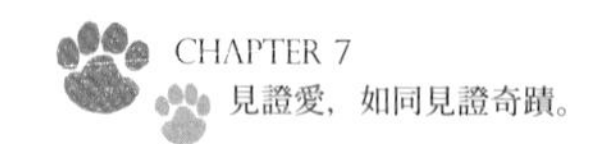

每天，他都有新的問題問我。

醫療、結紮、晶片、玩具、貓砂盆的位置、居住環境的貓咪安全措施、哪種外出籠真的好用，不花俏。
甚至很快地，他就開始問起無穀飼料和濕食的比較。
我只能說，我完全跌破眼鏡，
雖然他還沒有真的和一隻貓咪生活過。
但是這樣的態度，好過口若懸河，好過金山銀山。

就在我們雙方都覺得細節一切妥當，
孩子接回去的第二天，
他說看不出來孩子有沒有尿尿。
我覺得奇怪，請他拍照給我看，

貓砂盆裡只有十幾顆的木屑砂。

百密一疏！
我是狂笑，
我想他是羞紅了臉。

上週，我看見他貼了一張抱著一隻小幼貓的照片。
照片中的幼貓極可愛，戴著一個蝴蝶結，「小麗兒，送養中」。
我的男孩，他成了中途。

說實話，我紅了眼眶。
我相信每個孩子來到這個世界，都是有旨意的。
這個旨意在當下的我們也許了解，也許失去了以後才了解，
甚至有時候因為憂慮而錯過。
如果那天晚上，我和所有的路人一樣。
假裝沒有看見帕子，那我今天又會是什麼樣的人呢？

人，很難說出誰使你真正改變了自己。
但是無論世界再混亂，只要擁抱的心純淨無畏，
毛孩們，都會使我們成為更好的人。

（備註：後來遇到新手家長，我都會特別強調貓砂的用量。）

CHAPTER 8.

善良，並不平凡。

小星星戒指

今晚在路上遇見一個約 5 歲的小女孩，
她拿著手電筒在地上找東西。
我問她掉了什麼？她小聲的說戒指。
問她戒指長什麼樣子？
她很想哭的說：「圓的，上面有一顆星星。」
我開始幫忙找，
她的爸爸在旁邊東看西看。
跟我說沒關係，只是個不值錢的玩具。

聽到爸爸這樣說，我更努力找。
因為對小女孩來說，什麼金銀寶石，
都比不上這個不翼而飛的塑膠星星。

這樣的單純，
在女孩長大的過程中會被抹滅。
現實會讓她以為鑽石就是承諾，
以為不值錢的東西不需要放感情。

後來我們找到了戒指，橘色的，小小的一顆星星。
我們快樂極了真誠地歡呼，小女孩用兩隻手心握住它，
笑得燦爛。
心裡應該是想，我再也不要把妳弄丟了！

女孩，有一天妳會長大。
這個世界不是一個玫瑰花園，
阿姨希望妳能夠一直這樣，
在 10 度的寒風中，堅持找尋塑膠星星。

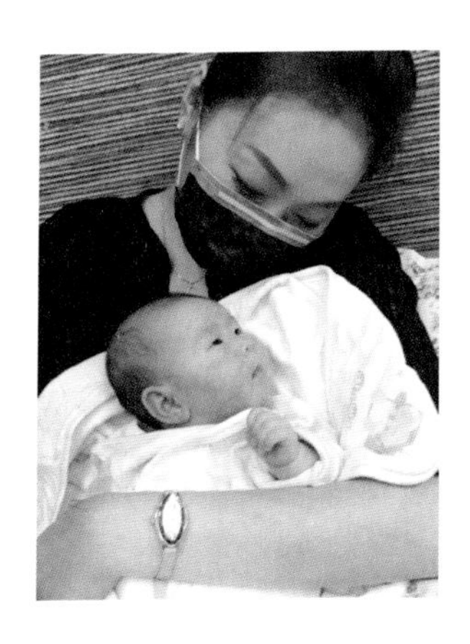

相見不恨晚，我的兒子小小橘

Nina 攝

不久之前，我認養了一隻貓咪，
他在流浪時叫做小小橘。
很簡單的名字，
我猜是因為同一條街上已經有了一隻小橘。
小小橘在河邊長大，晝伏夜出將近兩年。
一直不親人，同胎的兄弟姊妹也幾乎都陣亡了。

某天的晚上，小小橘出了嚴重的車禍。
到院時四腳朝天，根本無法翻身。
躺在保溫箱裡的他，
驚恐地張大眼睛看著我們，卻無法聚焦。

小小橘在醫療後雖然保住了小命，
但是車禍嚴重撞擊他的頭部，下巴和牙齒也被撞壞。
他無法正常的行走，無法跳躍，無法正常進食。
就算不進食的時候，也會不自主地一直流著口水。
所有貓咪習以為常的動作，
比如說用後腳抓癢，或是伸懶腰，他都做不到。
才 1 歲多的他，整天摔來倒去。

這樣的孩子，復健之路遙遙無期。
根本不可能放回河邊，又不算親人，送養困難。
雪上加霜的，他驗出了貓愛滋帶原。
我考慮了幾天，和救援他的人表示，我想認養他。

從那天開始，由兩個志工家庭接手中途他。
密集地帶他去針灸復健為期兩個月，
而我則開始準備迎接小小橘的到來。

小小橘一直站不上超過 18 公分的高度，
連一般的貓砂盆都進不去。
但是因為他是年輕的貓咪，
他會去嘗試他做不到的動作。

所以我開始改變房間的擺設，
物色適合他的用品，櫃子，床鋪等等。
愈接近小小橘要到來的日子，
我愈是緊張。
那時候的我，常常想起我的認養人們。

我救過許多貓咪，撿過許多的貓咪，送養過許多的貓咪。
但是認養，我是第一次。
我終於瞭解認養人那種期待和緊張的心情，
當然也因為小小橘的特殊。

説真的，我以前常常偷想，
若是有一天我有幸能夠認養，
我會選擇什麼樣的孩子呢？
而小小橘的個性和當時的狀況，
絕對不是我理想中的認養選擇。

小小橘來到家裡後，
因為愛滋咪的關係，只能和我住在房間裡。
剛開始，
他瘋狂地掛在我心愛的百葉窗上，

他抓花了我的臉，讓我去急診。

他在最冷的夜晚，連續地尿濕我整床的棉被和枕頭，

每次只要我出了房間再回來，他都不認得我是誰。

他會在半夜突然的攻擊我，

他也打傷了我狗狗的臉。

每天下班回家，我都要忍著眼淚收拾他造成的殘局。

我問我自己，到底為什麼？

漸漸地我發現，

小小橘每天日出和日落前，

一定會去坐在窗邊，若有所思。

我想，他也許想念著他自由自在的日子。

想念著河邊獨特的氣味，

想念著他的妹妹。

小小橘認得我的時候，

他一定會摸著我。

就算只是一個腳掌輕輕的觸碰著我，

他都可以很滿意。

小小橘肚子餓的時候，
會在我耳邊輕輕地喵喵叫。
小小橘很奇怪地喜歡我按摩他的腳掌，和親吻他的鼻頭。

我在他的呼嚕聲中，
找到了一切的答案。

孩子，我愛你，沒有原因。
不因為你是我設想的樣子，
不因為你是我希望的樣子，
我不對你失望，一如你不曾對我失望一般。

我知道你走到了我的身邊，
這每一步你都走得很辛苦，
我很珍惜，
也很感激。

媽媽因為有你感到很驕傲，
謝謝你讓我看見了，
美好最真實的模樣。

毛老太太要人陪

2011 年，

診所有一位住院的孩子，是高需求寶寶。

沒看到人就狂哭，

其實他也沒有要做什麼，

只是要看到人。

我們沒有辦法一直站在住院部門口，

於是我發明了這個。

他一叫我就探頭，

直到他被説服那顆頭就是我。

毛老太太也是要人陪，

但是兩顆眼球都沒了，

我這次沒招了。

大支，你超棒

應該是在快三年前，某個接近午夜的晚上，
我認識了大支。
那晚下著滂沱大雨，
一位先生非常慌張地帶著一隻大黑狗來急診。

簡單地說，
那位先生看到倒在關渡路邊出車禍的黑狗，
他淋著雨，想盡了辦法。
後來由清潔隊幫忙送來急診，
一塊塑膠布包著，
大支是坐著資源回收車來到四季的。

塊頭很大的他，
一聲都不吭，一動也不動。
躺在診療檯上，除了撕裂傷，
X 光顯示他的脊椎完全折斷成約 60 度的錯位。
後半身已經癱瘓沒有知覺，

診斷上並沒有復原的可能。
在醫療已經沒有什麼空間的狀況下，救援人束手無策。
當下我們沒有設想太多，
只想如何讓他開心的過每一天。

那段時間許多朋友每天送吃的來給大支，
也有網友寄來了輪椅，
讓他練習，不要整天躺著而失去意志。
也是在那段不短的時間裡，
診所瘦弱的助理，每天把快 30 公斤的大支抱進抱出。
那時候的大支還不知道他為什麼動不了，
時常發脾氣。

天天幫他擦藥的我，
不懂為什麼傷口都不會好，尾巴還幾乎整條斷掉。
我問了黃醫師才知道，大支的後半身已經都沒有知覺，
沒有生命的肉體不會癒合。

過去的兩年多，
雖然救援人沒有再聯繫我們，
但是大支一直在我們住院部起居。

表現持平的他胖得像隻小黑豬，
只有前腳爬行，動作卻快得不得了。

有一天晚上他自己開了籠子的門，
在住院部開趴，把全部的東西都換位置。
說真的，
他看起來開心極了。

2016 年年初，
助理傳來了大支吃早餐的照片，
他站起來了！

我們沒有大肆地喧嘩慶祝，診所小團隊只有抿著嘴對看。
走過他房間的時候，大家都對著他微笑點頭比個讚。
四個月後，
大支已經可以自己站得很英挺，
走路還是會不穩，
站起來和坐下的動作當然還是有些吃力，
但是他從來沒有放棄。

我們不能給他很好的生活，

我們只有慶幸，當時沒有選擇用最簡單的方式放棄他。

大支和診所的路，還不知道會走到哪裡，

我們都不希望他就這樣，

一生委屈沒有家庭的溫暖，

一生委屈沒有自由的風景。

你讓我們不只看見，也真實地擁抱盼望。

診所小團隊想說 ：

We are so proud of you!

得樂好幸福

你剛入院的時候，我們叫你破布。

已經是成犬了，卻只有 3 公斤。

本來就已經斷了一隻後腳的你，又被咬斷了一隻前腳。

體無完膚，只剩皮包骨，聲帶也被咬斷。

我們以為你會死，然後你活下來了。

每天呲牙裂嘴，卻發不出聲音。
我們為了你的以後擔憂不已，
但出現了一封比明月還美的認養信，
然後你有家了。

其實，你媽媽為了照顧你，
困難重重，幾次想退縮。
乾媽天天掛心，
要是被退回來了該怎麼辦。
然後昨天收到你的散步照，
乾媽哭得很慘。

得樂，
你的幸福不是僥倖，
是很多很多的努力，
是一首悲歌的休止符。
請你平安，
請你幸福。

長長的櫃臺

診所的櫃台當時設計的很長，
因為我相信著一件事情，
我相信愛可以被推動，
可以被實踐。

從年底幾個協會或團體的桌曆義賣，
到公益或是弱勢相關的作品，
或是理念相同的創作及服務，
診所都希望可以分享給大家。

和診所配合過的人都知道，
我們是一個少數不抽成，也不接受任何形式回饋的小平台。
在這裡，
你也許買不到團購價，
但是在我們的實際把關下，
所有的義賣商品都是精選，
商品的背後，都是實實在在用心做事的人。

這種分享的心情，有著深深的期待。

錢是現實的，

但是錢到了好人的手上，就會變成好錢。

2016年6月的我們

五月底開了一個小會，也因為黑仔的加入，
診所密碼門內的環境在大整理。
貓狗住院部都在搬動櫃子，天花板也在換新，
黑仔起居的準備室還在調整，
希望他和我們的動線都能盡量寬敞。

其實我非常感謝這個小團隊，
這不是我第一次接養老、傷殘、癱瘓或是安寧照護的孩子。
他們對於我的決定，從來都是力挺到底。

他們要花更多的時間去整理環境，
他們都像我一樣，
深深地去愛，
就算知道就要失去。
他們知道三節獎金飛了，
知道年度加薪也飛了，
但是他們還是選擇和我站在一起。

義賣的忙碌，常擠到他們連好好走路的位置都沒有。
但是他們從不抱怨，
還幫我想辦法怎麼樣可以最好寄送。
有時還會看他們站在平台前，
看看商品怎麼擺，會更吸引家長的目光。

無論白天多累，半夜手術需要幫手，
永遠二話不說馬上到位。
工作的氛圍，總是很讓人感動。

帕子媽要在這裡謝謝你們，
也替所有曾經讓你們在住院部，
痛哭流涕或破涕為笑的孩子們，
說聲謝謝。

2016 年 6 月的我們，
很美好，辛苦你們了。

流浪的孩子們

一週前一個孩子入院，
當時我在忙，只瞄了他一眼，覺得眼熟。
移籠後我細細地看他，
我知道我在哪裡見過他。
然後我想起了半年前，曾經有網友通報，
他都在紅樹林站對面的全家，
刮風下雨都在那裡。
行人匆匆忙忙，只有幾個人注意到他。
後來他不見了，半年後他出現在診所。
一身疲憊的他，聽得懂坐下和握手。

我想起我第一隻餵養的流浪狗，
他很老，眼睛看不清楚，又重聽。
雖然我每天餵他，但是他從來不認得我。
颱風天，我就站在家裡陽台往外看，
看他傻傻地在地基主牌前，任風雨吹打。
後來我才知道，

他的家就在地基主牌的上坡，主人棄養。

他卻怎麼也不肯離去，

直到主人通報了捕犬隊將他捕走。

有一天深夜回家的路上，

我和黃醫師瞄到一個孩子戴著牽繩，

躲在路邊的貨車旁邊。

我們回頭繞去，卻沒有再看到他。

隔天，在某天橋上拍夕陽的詩人，

看見了一隻狗匆忙下樓梯，拖著牽繩。

她快速地拍下了晃動的照片，

後來因為這張照片，我們找到了主人。

孩子家住八里，在淡水走失。

那幾日，淡水區幾乎全面通緝，

孩子的蹤跡橫跨整個淡水，

不停歇的腳步，卻找不到回家的路。

後來在淡江大學被一位學生留住，

主人飛車來帶他回家。

第一次見到毛毛，我就叫他毛毛，

因為他身上都沒有毛。

我對他釋出善意，希望恐懼的他能夠停留。
又或是讓他飽餐一頓，
能夠有體力繼續往他想去的地方前進。
後來毛毛決定停留在竹圍，
並且施展了他的魔法，讓大家都愛上他。
毛毛的毛，長出來了。
他會排隊買東西吃，後面的人會幫他付錢。

有一天晚上他被機車擦撞，隔天不見蹤影，
再隔天從早上6點開始一直到晚上，
竹圍的朋友們不斷地傳來毛毛的「打卡照」，
「他在這裡」、「他在那裡」、「他剛剛吃了雞腿」。
我偷偷地想，毛毛那天很像大明星。

再一次的意外，沒有那樣幸運。
毛毛真的被車壓死了，，
真的走了。
也許是因為真的太沈重，也許就是因為太沈重，
隔了幾週，黃醫師遇到了一隻倒在路邊的老狗。
黃醫師將他抱回診所，打了電話給我。
跟我說：「我帶了一隻狗回來，他好像毛毛。」

我們一起掃了晶片，「嗶」的一聲。

路倒的老狗，也叫毛毛。

走失 13 年，輾轉地我們聯絡上他的家人。

而老毛毛，在終於團圓後的一週，

心臟衰竭過世。

幾年前我收到一個網友通報，

說一位阿姨的狗被捕犬隊抓走。

但是在往收容所的途中，孩子不見了。

從市區到極偏僻的收容所，那範圍之大，

阿姨因為去收容所領不到狗，日夜流淚。

狗是黑色的，戴著項圈。

但是黑狗有多難找，或是多難被人先收留，這是大家都知道的。

這個通報我放在心上，

只能心裡默默地祝福阿姨與黑狗有莫大的幸運。

我走下診所的樓梯，旁邊有個花圃，

我看到一隻黑狗躺在那裡休息。

心裡像打雷一樣轟的一聲，馬上拿出手機比對特徵。

除了臉、耳朵、項圈，

還有那一個尋狗啟示裡面沒有的，一個已經破損的狂犬病牌。
我們設法留住了孩子，阿姨騎車趕來，
還沒過馬路，他們彼此一眼就認出對方。
阿姨一邊過馬路，一邊大哭著說，
我的孩子、我的孩子，是從小帶大的呀！
和阿姨點點頭，看著他們一起騎車離開。
就這樣，孩子回家了。

在我年輕的時候，有許多難以忘懷的旅程。
現在我在夢裡，時常回去。
而這幾年，孩子們帶我走過一個又一個的奇幻之旅。
有些圓滿，有些痛苦難言。

一個，十個，百個。
我時常懷疑，自己是否承擔得起？
當我的手握著孩子的呼吸器時，
我不禁想，
其實是他們握著我呼吸的頻率。

但無論是什麼，
當我老去，我一個都不想忘記。

幸福的重量，跟一隻貓差不多

我們攜手的每一步，都是美好的腳印。

作　　者　帕子媽
插　　畫　蔡曉琼（熊子）
編　　輯　徐詩淵
美術設計　劉旻旻
企劃協力　李承恩

發 行 人　程顯灝
總 編 輯　呂增娣
主　　編　翁瑞祐、羅德禎
編　　輯　鄭婷尹、邱昌昊、黃馨慧
美術主編　劉錦堂
美　　編　曹文甄
行銷總監　呂增慧
資深行銷　謝儀方
行銷企劃　李承恩

發 行 部　侯莉莉
財 務 部　許麗娟、陳美齡
印　　務　許丁財
出 版 者　四塊玉文創有限公司

總 代 理　三友圖書有限公司
地　　址　106 台北市安和路 2 段 213 號 4 樓
電　　話　(02) 2377-4155
傳　　真　(02) 2377-4355
E－mail　service@sanyau.com.tw
郵政劃撥　05844889 三友圖書有限公司

總 經 銷　大和書報圖書股份有限公司
地　　址　新北市新莊區五工五路 2 號
電　　話　(02) 8990-2588
傳　　真　(02) 2299-7900

製版印刷　卡樂彩色製版印刷有限公司

初　　版　2017 年 3 月
定　　價　新台幣 320 元
ＩＳＢＮ　978-986-94212-7-0（平裝）

國家圖書館出版品預行編目（CIP）資料

幸福的重量，跟一隻貓差不多：我們攜手的每一步，都是美好的腳印 / 帕子媽作. -- 初版. -- 臺北市：四塊玉文創, 2017.03
面；　公分
ISBN 978-986-94212-7-0(平裝)

855　　106002347

廣 告 回 函
台北郵局登記證
台北廣字第2780號

地址：　　　縣/市　　　　鄉/鎮/市/區　　　　路/街

段　　　巷　　　弄　　　號　　　樓

三友圖書有限公司 收

SANYAU PUBLISHING CO., LTD.

106　台北市安和路2段213號4樓

本回函影印無效

購買《幸福的重量，跟一隻貓差不多：我們攜手的每一步，都是美好的腳印》的讀者有福啦，只要詳細填寫背面問券，並寄回三友圖書，即有機會獲得台灣三一實業有限公司獨家贊助好禮

共3名

御寵物耳朵保養清潔噴霧40g（市價460元）

活動期限至 2017 年 5 月 8 日止 詳情請見回函內容

四塊玉文創╳橘子文化╳食為天文創╳旗林文化

https://www.facebook.com/comehomelife

http://www.ju-zi.com.tw

【黏貼處】對折後寄回，謝謝。

親愛的讀者：

感謝您購買《幸福的重量，跟一隻貓差不多：我們攜手的每一步，都是美好的腳印》一書，為回饋您對本書的支持與愛護，只要填妥本回函，並於 2017 年 5 月 8 日前寄回本社（以郵戳為憑），即有機會參加抽獎活動，得到「【毛天使】御寵物耳朵保養清潔噴霧」（共 3 名）。

姓名＿＿＿＿＿＿＿＿ 出生年月日＿＿＿＿＿＿＿＿

電話＿＿＿＿＿＿＿＿ E-mail＿＿＿＿＿＿＿＿

通訊地址＿＿＿＿＿＿＿＿

臉書帳號＿＿＿＿＿＿＿＿

部落格名稱＿＿＿＿＿＿＿＿

1 年齡

□ 18 歲以下 □ 19 歲～ 25 歲 □ 26 歲～ 35 歲 □ 36 歲～ 45 歲 □ 46 歲～ 55 歲
□ 56 歲～ 65 歲□ 66 歲～ 75 歲 □ 76 歲～ 85 歲 □ 86 歲以上

2 職業

□軍公教 □工 □商 □自由業 □服務業 □農林漁牧業 □家管 □學生
□其他＿＿＿＿＿＿＿＿

3 您從何處購得本書？

□網路書店 □博客來 □金石堂 □讀冊 □誠品 □其他＿＿＿＿＿＿＿＿
□實體書店＿＿＿＿＿＿＿＿

4 您從何處得知本書？

□網路書店 □博客來 □金石堂 □讀冊 □誠品 □其他＿＿＿＿＿＿＿＿
□實體書店＿＿＿＿＿＿＿＿ □ FB(微胖男女粉絲團 - 三友圖書）
□三友圖書電子報 □好好刊（雙月刊）□朋友推薦 □廣播媒體＿＿＿＿＿＿＿＿

5 您購買本書的因素有哪些？（可複選）

□作者 □內容 □圖片 □版面編排 □其他＿＿＿＿＿＿＿＿

6 您覺得本書的封面設計如何？

□非常滿意 □滿意 □普通 □很差 □其他＿＿＿＿＿＿＿＿

7 非常感謝您購買此書，您還對哪些主題有興趣？（可複選）

□中西食譜 □點心烘焙 □飲品類 □旅遊 □養生保健 □瘦身美妝 □手作 □寵物
□商業理財 □心靈療癒 □小說 □其他＿＿＿＿＿＿＿＿

8 您每個月的購書預算為多少金額？

□ 1,000 元以下 □ 1,001 ～ 2,000 元 □ 2,001 ～ 3,000 元 □ 3,001 ～ 4,000 元
□ 4,001 ～ 5,000 元 □ 5,001 元以上

9 若出版的書籍搭配贈品活動，您比較喜歡哪一類型的贈品？（可選 2 種）

□食品調味類 □鍋具類 □家電用品類 □書籍類 □生活用品類 □ DIY 手作類
□交通票券類 □展演活動票券類 □其他＿＿＿＿＿＿＿＿

10 您認為本書尚需改進之處？以及對我們的意見？

＿＿＿＿＿＿＿＿＿＿＿＿＿＿＿＿

感謝您的填寫，
您寶貴的建議是我們進步的動力！

本回函得獎名單公布相關資訊
得獎名單抽出日期：2017 年 5 月 22 日
得獎名單公布於：
臉書「微胖男女編輯社 - 三友圖書」：https://www.facebook.com/comehomelife/
痞客幫「微胖男女編輯社 - 三友圖書」：http://sanyau888.pixnet.net/blog

【黏貼處】對折後寄回，謝謝。

與你同行，總是昂首，

若有低頭，便是在親吻你的時候。